転生少女の
tensei shoujo no mitsuboshi recipe
三ツ星レシピ
～崖っぷち食堂の副料理長、はじめました～
「……っ、サーシャさん、もう最高です……」

「私が教えて、あなたが作る。
そういう分担で行きましょう」
【「元」宮廷料理人の転生者】
サーシャ
「――はい、
サーシャ先生！」
【大衆食堂「踊る月輪亭」の跡取り娘】
キルシュ

「ふたつにひとつだ。
この店を明け渡すか、
僕を納得させるか」
【高利貸】
ガナード
【第三王女付きの給仕メイド】
メイヤ
【グランベル王国の宮廷総料理長】
ベック

「——あたし、参加します。
星集め」

転生少女の三ツ星レシピ

tensei shoujo no mitsuboshi recipe

～崖っぷち食堂の副料理長、はじめました～

深水紅茶

イラスト 白峰かな

口絵・本文イラスト
白峰かな

装丁
木村デザイン・ラボ

本書は、２０２２年カクヨムで実施された
「『楽しくお仕事.in異世界』中編コンテスト」で優秀賞を受賞した「（元）
宮廷料理少女のレシピ」を加筆修正したものです。

宮廷の副料理長

「今日は三皿ですね」

厨房《ちゆうぼう》に可憐《かれん》な声が響く。朝の厨房は戦場だ。まだ甘さの残るソプラノはどう考えても場違いで、けれど自信に満ちていた。

少女の前には三品の料理が並んでいる。

一皿目。アウルベアの肩肉で作ったラグー。

「四十五点。根菜を煮込み過ぎてます。ミンスクの風味が飛んでる。作り直し」

二皿目。白身魚のポワレ。黄金色のブラン・ソースを添えて。

「五十二点。ソース、葡萄《ぶどう》酒のアルコールが飛び切ってません。追加でゆっくり二十数える間、火にかけて。くれぐれも弱火で。火精が居眠りするくらいの、ですよ」

竈《かまど》の中で、輝く翅《はね》を持つ精霊が身じろぎをした。呼ばれたわけではないと気づいた彼は、再びうたた寝に戻る。

少女は最後の皿の前に立った。三皿目。大ぶりの野菜と仔羊《こひつじ》の肉がゴロッと入った、ブラウンシチュー。

銀の匙《さじ》を口に入れた瞬間、少女は、うっかり渋い木の実を齧《かじ》った栗鼠《りす》みたいな顔をした。

「……十点。ちょっとあなた、ここがどこで私たちが何者か、ちゃんと分かってますか？」

白い袖が翻る。純白のシェフ・コートは、本来この世界に存在しないはずの衣装だ。この世界でただ一着、転生者サーシャ・レイクサイドだけが身に纏《まと》う特注品。

「我々は。いいですか、我々は、我々こそは！」

人差し指で、サーシャは壁に掛けられた真鍮《しんちゅう》の盾を指差した。

盾の意匠は、王家の象徴たる双頭のワイバーン。西大陸一帯を統べるグランベル王家は、初代より数えて二十世代もの間、飽きもせずにこの紋章を頭上に仰いできた。

王都広しといえど、こんなものを掲げることが許された厨房はただひとつ。

「グランベル国王陛下の料理人！　大陸最高の技術を持つ、誉れ高き宮廷料理人なんですから！」

決まった。

サーシャは確信した。これは格好良い。手を腰に当てて胸を張る。きっと厨房中の料理人たちが、一人余さず感動で瞳を潤ませているに違いない。

薄目を開ける。

スープの責任者であるボアジェが、持ち前の赤ら顔をさらに真っ赤に染めて、太い指で口元を押さえていた。まるで何かを堪《こら》えているかのようだ。涙ではない何かを。

魚料理の若き天才マルシュは、唇をニヤつかせながら目を細めている。相変わらず腹の立つ顔だった。隙あらば人の頭を撫《な》でようとする、二枚目崩れの顔だ。

前菜の魔術師ピカロも、肉料理の芸術家サントスも、老練な精霊使《せいれいし》であるハイネまでもが、揃《そろ》いも揃って似たり寄ったりの表情をしていた。

皆を代表するかのように、マルシュが一歩前に踏み出て、恭しく一礼した。

「ええ、ええ。仰るとおりでございますな、サーシャお嬢様」

「お嬢様じゃないです」

「ではサーシャちゃん」

「違うわ！　サーシャ！　副！　料理長！　でしょうが！」

一呼吸分の間を置いて。

風船を針で突いたように、厨房の空気が弾《はじ》けた。ボアジェもピカロもハイネも笑っている。マルシュに至っては腹を抱えての大爆笑だ。油で固めた前髪が落ちるくらいに、全身を痙攣《けいれん》させている。

「あ、舐《な》めてます⁉　舐めてやがりますね⁉　私が十六歳だからって！　やるか⁉　お？　りますか⁉　よーしいいでしょう、二度と包丁持てない身体《からだ》になりたい奴《やつ》から掛かって、あ、でもやっぱり一人ずつで――」

「そこまでだ」

ぴたりと笑声が止《や》んだ。弛緩《しかん》していた空気が、新品のリュートの弦みたく張り詰める。

「おはようございます、総料理長」

ボアジェが、野太い声で慇懃《いんぎん》に挨拶をした。ピカロが、ハイネが、マルシュがそれに続く。

強引に口を噤《つぐ》んだサーシャも、もごもごと「あ、えと、……はよす」と言った。

厨房の入り口に、髪を短く刈り込んだ壮年の男性が仁王立ちしていた。

この国に住む料理人で、彼を知らない者はいない。ベック総料理長。料理人の中の料理人。

この厨房の一切を取り仕切る、サーシャたちの王様だ。

落《お》ち窪《くぼ》んだ目が、順番に部下を睨《ね》めつけていく。お馴染《なじ》みの儀式を、厨房の全員が息を詰めて見つめた。

ベックが口を開く。

「ボアジェ、スープの仕込みはどうだ？」

「いつもどおりに」

「ピカロ、野菜の仕入れは」

「今朝方に収穫した秋エスペソと根菜が幾つか」

「肉と魚」

「勿論《もちろん》」「完璧です」

「サーシャ！」

隅にいたサーシャが、ぴんと背筋を伸ばした。次に来る言葉は分かっている。返す言葉も決まっている。

「後でちょっと来い」

「はい、それはもう当然、私のソースはいつも最高の出来で――えっ？　あ、はい……」

「さあ、始めるぞ！　料理の時間だ！」

総料理長の号令一下、昼食の支度が始まった。ここから先は本格的に戦争だ。国王陛下と妃殿下

と王子と王女、そして宮廷に出入りするごく限られた貴族へお出しするに相応《ふさわ》しい、至上の一皿を作らなくてはいけない。それも、大量に！

『さあ、仕事だよ！』

ハイネが、厨房中の精霊たちを叩《たた》き起《お》こした。竈で微睡《まどろ》んでいた火精が、今度こそ目を覚まし、煌々《こうこう》と赤い炎を放つ。水精が流し台の皿の間を駆け抜け、暖気をまとった風精がそれを追う。

ピカロが枯れ木みたいに細い腕の肘で、サーシャの二の腕を突《つつ》いた。

「こりゃあ、例の件だろ」

「でしょうね」

「まあ、個人的にはスッとしたけどな。総料理長も、本音じゃそう思ってるはずだぜ」

サーシャは肩をすくめた。

「おい、これは？」

ベックが、調理台に置かれた三つの皿を指差した。熊肉のラグー。白身魚のポワレ。仔羊の肉を煮込んだブラウンシチュー。

たまたま近くにいたマルシュが、即座に答える。

「新入りたちのですよ。自信作だから食べてくれって」

「誰が試した？」

「あなたがいなかったんだから、決まってんでしょう」

「そうか」

それきり興味をなくしたように、ベックは料理人たちへの指示を再開した。

おおい。マルシュが、「新入りたち」に声を掛ける。年若い、といっても二十歳《はたち》はゆうに過ぎた男たちが、びくりと肩を震わせた。今しがたサーシャにこき下ろされた三人だ。

「お前ら。これ、ちゃんと食って片付けろよ。残したらぶっ飛ばすぞ」

悄然《しょうぜん》と皿を囲む彼らのうちの一人が、がばっと顔を上げた。

シチューが入った皿を手に、半ば裏返った声でマルシュに詰め寄る。

「あ、あの！　マルシュさん！　お、お、俺の、食べてもらえませんか！　十点って、そりゃいくらなんでも」

「あー、わり。俺、今ハラ一杯なんだわ。それに、」

マルシュの視線が、サーシャを捉える。「天才」と称され、若くして魚料理の責任者を務める彼よりさらにひと回り年若い少女を、どこか眩《まぶ》しげに。

「サーシャ副料理長が十点つったなら、それは十点だよ。ちゃんと食べて、しっかり考えな」

†

亡き母からこんな話を聞いたことがある。記憶にない出来事だから、多分、サーシャがまだ二、三歳だった頃のことだろう。

ある夏の日、サーシャの母が洗い物をしていると、幼い娘が赤く熟れたアマンサの実を持ってきた。戸棚の奥に隠していたのにまあ目敏《めざと》い。この食い意地は誰に似たのかしら。そう思って「食べたいの？」と尋ねると、ぶんぶん首を横に振る。

「あらそう。なら、元の場所に戻してきなさい」

「でもママ。これ、くさってるよ」

半信半疑のまま実を切り分けると、はたして、種の周りについた白い果肉が赤茶けた色に変色していた。

あるいは別の日。焼き魚を一口だけ食べたサーシャが、「へぐっ」と悲鳴を上げてテーブルから逃げ出した。どれだけ言っても、頑《かたく》なに手をつけようとしない。小柄なわりに、しっかりと食べる子なのに。

不思議に思いつつ、娘が残した魚を食べた母は、三日三晩にわたって腹痛に苦しんだ。傷んでいたのだろう。

万事その調子で、とにかく鼻と舌が敏感な子供だったらしい。

六歳を過ぎる頃には、朝市への買い出しはすっかりサーシャの役目になっていた。腐りかけの魚や鮮度の悪い野菜を選んだことは、一度だってない。

そんなサーシャだったから、前世の記憶を思い出したのも、やっぱり食事がきっかけだった。

家族三人で港町へ小旅行に出掛けて、新鮮な生の魚に舌鼓を打っていたときのことだ。

ぷりっぷりの刺身を舌に載せた瞬間、サーシャの口からこんな言葉が飛び出した。

「ママ、醤油《しょうゆ》はどこ？」

「ショウユ？」

不思議な顔をする母を見返して、サーシャ自身も首を傾《かし》げた。醤油ってなんだ。そんな食べ物（？）、見たことも聞いたこともない。

でも、確かに知っている。この舌と鼻が、覚えている。深いコクのある塩味《えんみ》と、複雑で芳醇《ほうじゅん》な旨《うま》味《み》を。

その日から、芋づる式に記憶が蘇《よみがえ》ってきた。街並みも常識も何もかもが全く違う、別の世界で暮らしていた記憶が。

別世界のサーシャはそれなりに大人で、真っ白なシェフ・コートを着ていて、研ぎ澄まされた綺《き》麗《れい》な包丁を握っていた。

そして、いつも料理を作っていた。

——ああ、私。料理人だったんだ。

そうと気づいてしまえば、居ても立ってもいられなかった。未知の食材に溢《あふ》れたこの世界で、ぼんやり過ごしていた七歳までの自分が馬鹿みたいだった。

料理がしたい。あの頃のように。

家の食事は、すべてサーシャが作るようになった。けれど、田舎《いなか》の一般家庭で扱える食材や調味料なんて限られている。すこんと底が抜けた好奇心は、まるで満たされなかった。

不幸なことに、サーシャが生まれ育った村にはレストランが存在しなかった。それどころか、学校もなければ図書館もない。両親は善良だったけれど、食にはさして興味がなかった。

とにかく知識が欲しかった。

仕方がないので、村外れに住む魔女に弟子入りした。魔女は博学で知られていた。

「魔術には興味がないです。食べられる物と、食べられない物と、頑張ったら食べられる物について教えてください」

およそ弟子入りの申し出とは思えない口上に、年若い魔女は口をぽかんと開けた。

けれど結局、サーシャの勢いに負けた。

三角帽子を被《かぶ》り、胸に天秤《てんびん》のエンブレムを付けた魔女は意外にも親切で、丁寧にこの世界の動植物について教えてくれた。魔術については何も教わらなかった。魔女と呼ばれてはいたが、彼女は博物学者であり、精霊語の先生であり、ついでに薬膳料理の名人でもあった。

サーシャにとって、この世界での最初の料理の師は、間違いなく彼女だった。

けれど、知識はすべての不幸を解決できるわけではない。

十歳の誕生日に、流行《はや》り病が村を襲った。サーシャの両親は病に罹《かか》り、あっさりと死んだ。

魔女の魔術も知識も、死神の前には無力だった。

魔女は泣きわめくサーシャを抱きしめて、そっと問いかけた。

「愛《いと》しいサーシャ。あなたをこの家に置くのなら、私は魔女の修業を施さなくてはいけない。私の子となって魔術を学ぶか。それともこの家を出て、望む生き方を手にするか。どちらかを選びなさい」

ぽろぽろと涙を零《こぼ》しながら、サーシャは決断をした。天秤の片方に「孤独」が載っていても、迷いはなかった。

答えを聞いた魔女は、寂しげに微笑《ほほえ》み、そっと柔らかな銀色の髪を撫《な》でた。

家財一式を処分して手に入れた路銀で、旅支度を始めた。必要なものは、切れ味のいいシェフナイフと、頑丈なスキレット。丈夫な革靴。それから、いつか見た真っ白なシェフ・コート。

サーシャが持ち込んだ拙いデザイン画を見て、仕立て屋の店主はからかうように言った。

「なんだこりゃ。お嬢ちゃん、宮廷料理人にでもなるつもりかい？」

「お嬢ちゃんじゃないです。宮廷料理人？」

サーシャの疑問に、店主は拍子抜けしたように自身の禿頭《とくとう》を撫で上げた。

「陛下のいる王都は、別名を『美食の都』と言ってな。数多《あまた》のレストランと、料理人たちが鎬《しのぎ》を削り合ってる。その中でも、いっとう才能のある料理人にだけ与えられる名誉――それが宮廷料理人さ。なんせ、偉大なる国王陛下のお食事を作るんだからな。これは、そいつらが着てる服によく似てるよ」

「へー」

「なんだい、その顔。冷めてやがんな」

「生まれつきこういう顔なんです。まあ、でも、いいかもしれませんね」

宮廷料理人、か。

悪くない。目標にするなら、それくらいがちょうどいい。

「その服。今の背丈に合わせたものと、背が伸びたとき用に二着お願いしますね。では」

「あいよ。でもよお嬢ちゃん――……って、もういやがらねえ……」

一人残された仕立て屋の店主は、サーシャが選んだ白い布を見て、苦笑いを浮かべた。

「宮廷料理人の衣装は、黒地に金糸って相場が決まってんだけどな。まあ、あのお嬢ちゃんの銀髪には、白が似合うか……」

仕立て上がった純白のシェフ・コートを受け取ったサーシャは、その足で王都へ向かった。

それから、およそ五年後。

転生者サーシャ・レイクサイドは、前代未聞の若さで宮廷厨房《ちゅうぼう》の副料理長に就任した。

†

「サーシャ、入ります」

「おう、入れ」

重い扉を開けると、薄青い翅《はね》を持った精霊が目の前を通り過ぎた。氷精だ。冷気が鼻先をくすぐり、ふるりと肌寒さを覚える。

サーシャがベック総料理長に呼び出されてやってきたのは、厨房の地下に設置されている食材庫だ。どこのレストランでもそうであるように、倉庫の中には、冷気を生み出す氷精が住んでいる。

精霊は、街のあらゆる場所に住む人間のパートナーだ。体長は成人男性の手のひらほど。自然現象そのものを凝縮したような存在で、知性と独自の言語を持つ。詳しい生態は不明。

非常に人間に友好的で、精霊語で話しかければ、大抵のお願いは聞いてもらえる。火起こしから炊事洗濯、食材の冷凍保存に至るまで、彼らの協力がなければ王都の生活は成り立たない。

「さて――と」

険しい上司の顔を見て、これは本格的に懲罰人事かな、とサーシャは気鬱《きうつ》になった。ピカロに告げたとおり、心当たりはある。それも特大のやつが。

ベックが、低い声で言った。

「サーシャ・レイクサイド副料理長。何の件かは分かっているな」

「賄い用の果物を、夜食代わりにちょろまかした件でしょうかね」

「違う。そんなことしてたのか、お前……」

「しまった。違いましたか」

「バーンウッド辺境伯の件だ」

「そっちかー……」

もちろん、サーシャの予想どおりだった。

バーンウッド辺境伯は現国王の実弟の息子であり、つまり国王陛下の甥《おい》にあたる大貴族だ。武勇に優れた猛将であり、普段はグランベル王国の東端で国境線を守護している。故に辺境伯と呼称され、滅多《めった》に王都へ顔を出すことはない。

たまにはある。例えば三日前とか。

近頃病に臥《ふ》せがちな国王陛下の見舞いと称して、遥々《はるばる》王都へやってきたバーンウッド辺境伯に対し、陛下は労《ねぎら》いの会食を催した。当然、腕を振るうのはベック総料理長であり、サーシャ副料理長だ。

会食はつつがなく進んだ。メインの肉料理をいたくお気に召した辺境伯が、料理人に礼を言いたいと言い出すまでは。

その一皿は、サーシャの力作だった。

シャリアピンステーキ。柔らかく叩《たた》いた肉を葱《ねぎ》科の酵素でさらに柔らかくする、帝国ホテルが編み出した化学のレシピ。サーシャのそれは、同じ理屈をこの世界の野菜で再現したものだ。肉も野菜も酵素も違う世界で、再現には相応の時間が掛かったけれど、自信のある一皿だった。

けれど、現れたサーシャを一目見て、バーンウッド辺境伯は嫌味ったらしく言い放った。

『こんな小娘が作った料理だったとは。俺も田舎暮らしで舌が鈍《なま》ったかな』

百歩譲って、侮辱は許そう。問題は次だった。

トラ髭《ひげ》の辺境伯は、太い指で皿を引《ひ》っ掴《つか》み、半分以上残っていたステーキを躊躇《ちゅうちょ》なく床へ投げ捨てた。

べちゃり。最高のカリン羊のヒレ肉が、土と埃《ほこり》に汚れた絨毯《じゅうたん》に横たわる。

『食えるか、こんなもの』

直後、目の前が真っ白になったサーシャは、完璧な飛び蹴りを繰り出していた。

歴戦の猛将は死角からの一撃を喰《く》らい、椅子ごと空を舞った。全治一週間の打撲。

もちろん不敬罪だ。世が世なら死刑でもおかしくない。

「それで、お沙汰《さた》はどんな具合ですか。やっぱり死刑？　国外追放？」

そうなったら調理器具を抱えて逃げよう。サーシャは密かに決意を固めた。大丈夫、私は料理人だ。たとえ地の果てまで追われても、この両腕と包丁さえあれば生きていける。

けれどベックは高い鼻を鳴らして、「安心しろ」と言った。

「第三王女殿下の取りなしで、なんとお咎《とが》めなしだ」

マジか。

「……ミリアガルデ殿下、私のこと好き過ぎません？」

「お前のファンだからな。ただし、さすがにこの厨房で雇い続けるわけにはいかん」

そりゃそうだ。「ははあ。ということは」

ベックは咳払《せきばら》いをし、やけに改まった口調で告げた。

「サーシャ・レイクサイド。お前はクビだ」

なんだかひどくしっくり来る感じの響きだった。今にも物語が始まりそうだ。

「まあ、お前なら引く手数多だろう。ほとぼりが冷めたら呼んでやる。古巣の『山海楼』でも、勢いのある『ミート・アイランド・パーク』でも、好きなところに再就職すればいい。何だったら自分で店を開いたらどうだ。一から始めるってのは、良い経験になるぞ」

「店はいいです。先立つものがないですし、ここに戻りづらくもなりますしぃ」

「……貯金、ないのか？」

「食費に化けるんですよ。珍しい食材は高いですから」

サーシャは、休日の大半を料理の研究に充てている。市場で仕入れた珍しい食材を、煮たり焼いたり蒸したり擂《す》ったり漬けたりして食べるのだ。王都にやってきた十歳の頃から、日常的に行ってきたことだった。

「なら、俺が紹介状でも書いてやる。さっさと再就職して、」

ベックの声が止まる。サーシャも背後を振り返った。

厨房の方で騒ぎが起きている。何か重たい物が引き倒される音がした。「やめろ」「何すんだ」「どけ」。

「どけ」は誰の声だろう？　厨房にいる誰とも似ていない、神経質そうな乾いた声だ。

「喧嘩《けんか》か？　あいつら、何やってんだ」

舌打ちしたベックが出入り口の取っ手に触れようとした瞬間、外側から扉が開いた。

現れたのは、一目でそれと分かる魔術師だった。目元を隠すローブに、口元を隠す垂れ布。分厚い羊毛のフェルトを幾重にも重ね合わせた衣装の胸元に、金属のバッジが光る。意匠は、魔術師の身分を示す「傾く天秤」だ。かつて、サーシャの師が付けていたエンブレムと同じもの。

ローブを着た男の背後を見て、サーシャは息を呑《の》んだ。ボアジェとマルシュが、廊下に転がっている。二人は必死に身体《からだ》をよじっていた。まるで、目に見えない荒縄で手足を縛り付けられているかのように。

気色ばんだベックが、太い指で闖入者《ちんにゅうしゃ》の肩を掴んだ。

「おい！　お前、ウチの料理人に何を、」

「■?×S※／＊△」

くぐもった声が聞こえた直後、ベックの身体がふわりと浮いた。魔術師が腕を振るう。下手《へた》な騎士よりもよっぽど重厚な総料理長の巨体が、勢いよく土壁に叩きつけられた。

肉を打つ鈍い音。

崩れ落ちたベックの唇から、苦しげな声が漏れる。

駆け寄ろうとしたサーシャを制して、魔術師が言った。

「サーシャ・レイクサイドだな」

「……違う、と言っても無駄ですよね。ええ、そうですよ。私がサーシャです」

キュロットスカートの内側で、膝頭《ひざがしら》が震えている。それでもできる限りの力を込めて、サーシャは魔術師を睨《にら》み返した。

「なにか御用ですか？　お腹《なか》が空《す》いてるようには見えませんけど」

「ある方の命により、お前に烙印《らくいん》を施す」

「いやそれどう考えてもバーンウッド辺境伯でしょうって、は？　烙印？」

「そうだ。位置は両手。種別は禁止。意匠は折れた包丁」

魔術師の足元から、きらきらと青く光る粒子が噴き出した。光の粒は、螺旋《らせん》を描くように黒いローブを昇っていく。

どうにか上半身を起こしたベックが、両目を大きく見開いた。

「折れた包丁？　おい、お前それは！」

「え、なに⁉　なんですか⁉」

「安心しろ、サーシャ・レイクサイド。すぐに分かる――○※■×&＊、門を開き、ここに烙印を施す」

　収束した光が走る。青い光条が、サーシャの両手を貫いた。焼け付くような痛みに脳が痺《しび》れる。急速に視界が狭まり、全身から力が抜けていく。

　薄れていく意識の中で、男の告げた言葉だけが、サーシャの耳にこびり付いていた。

「『料理人殺しの烙印』、確かに施した。拙はこれで」

†

　朝。

　借りているアパルトメントのキッチンで、サーシャは自身の相棒を見下ろしていた。

　料理人の相棒とは、すなわち包丁だ。

　十歳のときから、一度として手入れを怠っていない、唯一無二のパートナー。

　ごくり。生唾《なまつば》を飲み、そろそろと人差し指を伸ばす。

　指先が柄に触れた瞬間、バチッと赤い火花が散った。

「いったぁ⁉」

鋭い痛みに涙が滲《にじ》む。やはり今日も駄目だった。どうやら、いよいよ信じなくてはいけないらしい。ベックの言葉を。

この忌々しい、両手の甲に刻まれた印の意味を。


三日前の話だ。

襲撃（？）の後、サーシャが目を覚ましたのはベッドの上だった。枕元には、黒いワンピースに白のエプロンドレスを——つまりメイド服を着た友人が立っていて、ペティナイフで真っ赤なアマンサの皮を剥《む》いていた。

「……メイヤ？」

「あら、おはよう、サーシャ。気分はいかが？」

「ふつう」

「それは重畳《ちょうじょう》。食べる？」

メイヤの細い指先が、切り分けられた果実を摘《つま》む。そのまま口元まで運ばれてきたので、かぱっと口を開けた。熟れた香りが鼻先をくすぐる。前歯で噛《か》み付くと、甘くてしゃりしゃりした食感が口一杯に広がった。

「おいひいですね」

「お眼鏡《めがね》にかなってよかった。ミリアガルデ殿下の差し入れよ」

「へー……殿下、私のこと好き過ぎないですかね？」

「あの人、あなたのファンだもの」

メイヤが、口元に曲げた指を当てて微笑《ほほえ》む。ミリアガルデ第三王女付きの給仕メイドである彼女は、所作のひとつひとつに品がある。とても同い年とは思えない。

サーシャはシーツに手をついて、ゆっくりと上半身を起こした。どうやらここは仮眠室のようだ。他にも利用者がいるらしく、向かいのベッドのシーツがこんもりしている。

「身体の調子は？　痛いところはない？」

「問題ない、と思いますけど」

どこにも痛みや不快感はない。強いて言えば、右手の甲に深い緋色《ひいろ》をした刺青《いれずみ》のようなものが見えるくらいだ。淡く発光していて、なんだか綺麗《きれい》。


いやいやいやいや。


「え、なんですかこれ。うわ、両手だ！　左手にもある！」

刺青の意匠はシンプルだ。中央でふたつに折れた剣。いや、違う。これは――包丁だろうか？

折れた包丁。そういえば、あの魔術師もそんなことを言っていたような気がする。

シーツで手の甲を拭っても、当然消えたりはしない。

「ここに運ぶとき、私も見たけれど。それ、烙印よね」

「らくいん」

「呪術の一種よ。罪人に掛けられるやつ」

「ざいにん」

そうだ、と低い声がした。向かいのベッドが軋《きし》む。身を起こしたのは、ベックだった。厚みのある手で、背中の辺りを摩《さす》っている。

「総料理長！　背中、大丈夫です？」

「軽い打撲だそうだ。問題ない。それよりサーシャ、お前のほうが百倍問題だぞ」

「はあ」

「いいか、真面目に聞けよ。その手の烙印が本物なら、お前の料理人人生の危機だ」

「国家的損失の危機じゃないですか」

私から料理を取ったら顔しか残らないぞ。サーシャは口の中で呟《つぶや》く。

「どういうことです？」

「烙印ってのは、一般的に何かを禁止する魔術だ。宝石泥棒で捕まった奴《やつ》が、二度と宝石に触れないように。あるいは、人を殴って殺しちまった馬鹿が、二度と人を殴れないように制限する。そういうもんだ」

「へえ」

「相変わらず、料理以外は世間知らずだな、お前は。まあいい。とにかく、その中にひとつ、やらかした料理人に刻まれる烙印がある」

「やらかした料理人と言いますと」

「知らん。実際に掛けられた間抜けを見たのは俺も初めてだ。とにかく俺が聞いた話じゃ、その烙印をつけられた奴は、『生涯、あらゆる調理器具に触れることができない』そうだ」

「はい？」

「だから、包丁だの鍋だのすりこぎ棒だのが一切手に持てなくなるんだとよ。本当かどうかは知らん。試してみちゃどうだ？」

ベックの話を聞いたサーシャは、「どうせ何かの冗談だろう」と判断した。上司によるタチの悪いからかい。あるいは、勘違いだろうと。

メイヤがアマンサの皮を剥くのに使っていたペティナイフに目を向ける。友人の気遣わしげな視線をよそに、サーシャはおもちゃみたいなナイフの柄を無造作に掴《つか》み、そして――絶叫した。

「みぎゃぁぁあああ‼」

†

手袋越しに、または布越しに。あるいは包丁ではなく、木ベラやレードルを。あらゆる手を尽くしたが駄目だった。サーシャが「調理器具を触れている」と認識した瞬間、稲妻みたいな火花が手を焼く。

手の甲の皮膚が真っ赤に染まった頃、とうとうサーシャは現実を受け入れた。

「……なんなんですか、もう……」

キッチンに立ち、恨みがましい目で相棒を睨《ね》めつける。

「前世」に存在したシェフナイフとそっくり同じ形をしたそれは、気の良い鍛冶屋《かじや》に頼み込んで拵《こしら》えてもらった特注品だ。ずっとサーシャと共にあった相棒は、今、呑気《のんき》にまな板の上で寝そべっている。まるで、自分の役目を忘れてしまったみたいに。

心の中で語りかける。おいおい。十歳のときから片時も離れず、一度たりと錆《さ》びつかせず、毎日手入れをしてあげたじゃないか。両親と死に別れて王都へやってきたときも、この世の地獄みたいな「山海楼」での修業の日々も、ミリアガルデ第三王女の目に留まって宮廷料理人に抜擢《ばってき》された後も、ずっと、ずっと一緒にやってきたじゃないか。

その挙句、こんなお別れなんてあんまりだ。

目の奥から熱が込み上げてくる。湧き上がる衝動を堪《こら》えて、ぐしぐしと夜着の袖で両目を擦《こす》った。

感傷に浸っている場合じゃない。

サーシャは外出着に着替えて、薄手の手袋を両手に嵌《は》めた。銀髪をスカーフで結び、身支度を整える。

早く就職しなければ、本当に飢え死にしてしまう。今のサーシャは文無しの職なしで、「前世」と違ってこのグランベルには、行き届いた社会福祉もセーフティネットも存在しないのだ。

働かざるもの食うべからず。そして死ね！

そういう世界なのだから。

レシピその1　旨味《うまみ》たっぷり焦がし風味のモツ炒《いた》めリメイク

「無理」

鉄アイロンで巻いた豊かな金髪を撫《な》でつけて、「山海楼」の若きオーナー、アーシェリアは首を横に振った。

四方の壁にあらゆる動植物の絵が描かれた一室は、主《あるじ》の趣味を表すかのように煌《きら》びやかで派手派手しい。牙《きば》を持つ四足の獣。翼を広げる鳥類。淡水魚と深海魚。色とりどりの果実と野菜。

山海楼は、王都一の看板を掲げる老舗《しにせ》の名店だ。特に、扱う食材の豊富さと調理技術の幅広さには定評がある。

若くしてそんな名店を継いだサーシャの幼馴染《おさななじみ》は、なんだかピリピリと苛立《いらだ》っていた。

「もう一度言うけど、無理。包丁握れないアンタを雇う余裕は、ウチにだってないわよ」

腰が沈みそうなソファに座ったまま、サーシャは肩を落とした。

「やっぱり駄目ですか？　昔のよしみじゃないですか。料理ができなくても、ほら、皿洗いとか」

「そんな仕事があるのは精霊使《せいれいし》を雇ってない零細店だけでしょ。ウチが何人、腕利きを抱えてると思ってんのよ」

薄氷色《アイスブルー》の瞳が、忌々しげにサーシャの手の甲を睨めつけた。

そこに刻まれた緋色の烙印《らくいん》を見たとき、アーシェリアは比喩《ひゆ》ではなく椅子から転がり落ちた。やあって、わなわなと震えながら身を起こした彼女は、凄《すさ》まじいまでの剣幕でサーシャを罵倒《ばとう》した。ばかあほ間抜け。ばか。ばかばか。それ「料理人殺し」じゃない。アンタ何やってんの⁉

そんな醜態などなかったかのように、山海楼の若きオーナーは、組んだ両手の上に形の良い顎を載せて言う。

「料理人のサーシャ・レイクサイドになら、相場の五倍の給与を出してあげてもいい。曲がりなりにも王都一の看板を掲げる、『山海楼』の相場でよ。でも、そうじゃないアンタは要らない」

「そのう、いっそ給仕役とかでも」

「アンタ、見習い時代に何皿割ったか覚えてる？」

覚えているわけがない。いっぱい割って、クビになりかけたことだけは記憶に残っている。

「以上。その手の烙印が剥がれたら歓迎するわ」

話は終わりとばかりに、アーシェリアが窓際に立った。柔らかな午後の陽射《ひざ》しが、蜂蜜色をした彼女の金髪を撫でつける。

サーシャは悄然《しょうぜん》と席を立った。やはり、世の中そこまで甘くはないらしい。

世知辛いと嘆く一方で、旧友の言い分はもっともだとも感じていた。料理ができないサーシャ・レイクサイドに、一体なんの価値があるだろう？　やはり顔か。この艶やかな白銀の髪と、琥珀《こはく》の瞳か。

けれどそれは、料理人に必要な資質じゃない。

失意を抱えたまま、サーシャはとぼとぼとオーナールームを後にした。

一人きりの部屋で、たっぷりと溜《た》めを演出したアーシェリアが、満を持して振り返る。手の込んだフリルで飾り立てられたスカートが、完璧な角度でふわりと浮いた。

「ま、まあでも？　もし行く当てがないのなら？　このアーシェリアが？　幼馴染として、個人的に？　ハウスメイドとして雇ってあげても、その、よいのだけど——えっ、あっ、あれ？　サーシャ？　どこ行ったの？　お手洗い？　サ、サーシャ！　サーちゃん！　まだお話の途中なんだけど！」

†

「アンタ、辺境伯様に飛び蹴りかました、〝あの〟サーシャだろ？」

「烙印持ちは雇えないよ。看板に傷がついちまう」

「皿洗いも給仕も足りてるんでね」

全滅！　ものの見事に全滅だ。

「山海楼」だけじゃない。「ミート・アイランド・パーク」も、「天球の廻転亭《かいてん》」も、「天上美食苑《えん》」も「口福食堂《こうふく》」もその他諸々《もろもろ》も！　どこもかしこもこのサーシャ・レイクサイドを袖にしやがった。

ちょっと包丁と鍋が握れず、王族に飛び蹴りをかましたというだけで！

当然の結果だった。

一体どこのオーナーが、包丁も鍋も握れず、王族に飛び蹴りをかます十六歳を雇いたいと思うだろう。

厨房《ちゅうぼう》は実力社会だが、同時にはっきりと男社会だ。そこでサーシャが上り詰められたのは、文句を言う相手の口に片端から飛びっきりのスペシャリテを叩《たた》き込《こ》み、「美味《うま》い」以外の言葉をすべて封じてきたからに他ならない。

今だって、その自信はある。

相変わらず、サーシャ・レイクサイドは最高の料理人だ。ただ一振りの包丁と、スキレットを握ることができさえすれば。

手袋に包まれた手の甲を、忌々しく見つめた。

今のサーシャは、ガーガー鳥のスクランブルエッグさえ作れない。小麦の麺《めん》も茹《ゆ》でられず、スープをかき混ぜることもできず、果物の皮を剝《む》くことさえ不可能だ。料理人としては、見習い以下。

「くそったれぇ……」

木のベンチに腰掛けて、ぼんやりと昼どきの市場を眺める。

市場に面する王都のメインストリートだけあって、行き交う人が途切れることはない。

西大陸で一番メシが美味い街は？　と聞かれたら、十人中十人が「グランベルの王都」と答えるだろう。

中央集権を目指す初代国王の施政によって整備された一大交通網は、その狙いどおりに、大陸中の人と物資を王都へ呼び寄せた。ヒトとモノが集まれば経済が回り、文化が育つ。音楽、芸術、そして——食事。

初代国王の治世から幾年月。今や数十万人が暮らすこの大都市の食文化を支えるのが、サーシャの眼前に広がる「迷宮市場《メイズ・マーケット》」だ。

冗談交じりに、迂闊《うかつ》に入れば迷って二度と出てこられない、とまで言われる観光名所。とはいえ十歳の頃から出入りしていたサーシャにとっては、庭みたいなものだ。

仕入れの時間はとうに終わり、鮮魚や野菜を売る出店は撤収している。その空白を埋めるかのように、昼食を売る移動屋台が呼び込みを始めていた。白い湯気を立てる蒸し芋に、脂を滴らせる吊《つ》り焼肉。干し魚と野菜を挟んだパン。小型の竈《かまど》と鉄板を用いて、クレープを焼く者もいる。

あんな安っぽい、空腹を満たすためだけの料理さえ、今のサーシャには作れない。

「……うあー……」

不味《まず》い。駄目だ。

また熱いものが込み上げそうになっている。下唇を噛《か》み、痛みで激情をやり過ごす。

きゅるる、と腹が鳴った。

人生の一番悪いときだって、腹は減る。

ポケットを探ると、銅貨が数枚出てきた。並ぶ屋台をちらと見て、首を振る。今ばかりは、降り注ぐ陽射しが眩《まぶ》しかった。

目抜き通りを歩きながら、店の前に掲げられたお品書きをチェックする。まともな外観の店はことごとく予算が足りない。手が届く価格帯の店はどこもいかにもな外観で、独りで飛び込む度胸はなかった。大して美味《おい》しくなくてもいいから、それなりに清潔で、変な混ぜ物（絵の具とか！）が入っていないものが食べたい。

歩くほどに人影が少なくなり、店の数も減っていく。

大人しく屋台にすればよかったかな。

後悔を覚えた頃、通りの端に食堂を見つけた。表に出している黒板に、手書きの文字が記されている。丁寧な文字だ。店員の真摯《しんし》さが表れているかのように。

空《す》きっ腹《ぱら》に、一番上の一行が目に飛び込んできた。

羊の内臓の煮込みシチュー　――銅貨三枚

安い。

はは、と乾いた笑いが零れた。きっと私が十点をつけたあのシチューだって、この店の料理よりは遥《はる》かにまともに違いない。

ただ、硝子《ガラス》窓から覗《のぞ》いた店内はよく掃除されていて、二人だけだが先客もいた。

何より今は、ちょっと腹が空き過ぎている。

選択の余地、なし。ため息を堪《こら》えて、メッキの禿《は》げたノブを握った。

からんころん。

「い、いらっしゃいませ！」

予想外に明るい声に出迎えられて、サーシャは目をしばたいた。

人当たりの良さが滲《にじ》むような声だ。春の日なたのような。

場末の店に、接客なんて期待するほうが間違っている。なのに、ちょこちょこと駆け寄ってくる少女がいた。

サーシャと同い年くらいの、いくらか背の高い女の子だ。大きくて柔らかな目元と、道端に咲く花のような顔立ちに、暖色のエプロンドレスが良く似合っている。少し癖のある亜麻色の髪は、清潔そうな三角巾でまとめられていた。

「あ、あ、空いているお席へどうぞ！」

そうは言っても、空席ばかりだ。手近な椅子を引いて腰掛けた。

「ご注文は……？」

「ええと。ブラウンシチューと、バゲットを」

「はい！　ありがとうございます！」

注文を受けた少女が、ぺこりと一礼してカウンターに引っ込んだ。そのまま奥の厨房へと消えていく。料理人にオーダーを通す符牒《ふちょう》は聞こえない。

まさか、あの子が調理を？　接客も調理も一人でこなしているのか？　それはまあ、この客数ならできないことはないだろうけれど。

店内をちらと眺めて、サーシャは目を細めた。なんというか、寂しい店だ。店構えの問題じゃない。むしろ客席も、カウンターから見える範囲の厨房も、そこそこ立派な造りだと思う。

だからこそ、空白が目立つ。

この規模の店なら、料理人は最低でも二人は欲しい。専属の給仕も必要だ。

サーシャの背後で、二人の男たちが囁《ささや》いていた。

「どだい、無理な話だろうよ。先代の女将《おかみ》さんのことは同情するけどもさ」

「いい子だし、勿体《もったい》ないとは思うけどなぁ」

それで、なんとなく事情を察した。

よくある話だ。代替わりで店の味が落ちるなんてことは。

「お、お待たせしました、ブラウンシチューとバゲットです」

ややあって、椀《わん》に盛られた褐色のシチューと、籠《かご》入りのバゲットがサーシャの前に置かれた。

配膳の瞬間、伏し目がちな翠《みどり》の瞳と視線が交錯する。

ああ、やっぱり駄目だ。そう思った。

レストランの給仕係には、いちいち数え上げるのも嫌になるほど多くのルールがある。といっても、そのほとんどは、場末の食堂で気にする必要はない。

でもひとつだけ。

これだけは、という掟《おきて》がある。

料理を出すとき、怯《おび》えてはいけない。

できれば自然な笑顔が望ましいけれど、別に緊張で震えていたって構わない。最悪、無愛想だっていい。

ただ、そんなふうに、自信がないと告白するような表情だけは駄目だ。今から食事を楽しもうとする客に、「あんまり美味しくないかもしれないですけど」なんて顔で、皿を差し出してはいけない。それは客の幸福を削《そ》ぎ、料理人の尊厳を傷つける行為だからだ。

（……なぁんて）

文無しの職なしが、一体何を偉そうに。

木の匙《さじ》を掴《つか》んで、お椀の中身を掬《すく》う。薄い褐色をした水っぽいシチューの中に、ぶつ切りのモツと、煮込み過ぎてグズグズになった根菜が浸っている。

意を決して口に運んだ瞬間、サーシャの頬はびしりと引き攣《つ》った。

美味しくない。

いや、はっきり不味い。めちゃくちゃ不味い。

忘れていた。王都に来てからこっち、山海楼や宮廷の賄いか、自分の料理しか食べてこなかったから。

この世界は、不味いレストランの食事は半端じゃなく不味いのだ。

グランベル王国には、活版印刷の技術がない。だから、「レシピを公開する」という概念がない。店に入り、下働きをしながら先輩料理人の技を盗む。あるいは頭を下げて教えを請う。そういう形でしか、レシピは伝達されない。

故にこの世界では、レシピこそ料理人の生命線だ。

簡単に教える馬鹿はいない。誰もが知っているレシピは、精々定番の家庭料理くらいだろう。

内臓のブラウンシチューは違う。

薪を大量に消費するか、あるいは火精に長時間働いてもらう必要があるこの料理は、家庭料理ではない。レストランのメニューとしてはそこまで珍しくないけれど、それでも作れるのは「正しい作り方を知っている人」だけだ。

一口食べれば分かる。この料理を作った彼女は、どう考えても真っ当なレシピを知らない。十中八九、独学だろう。

煮崩れしない野菜の切り方も、スパイスの使い方もなっていない。はっきり言って、見よう見真似《みま ね》かそれ以前。一番肝心な、肉の臭み取りさえできていない。おかげで、一口ごとに鼻の曲がるようなにおいが口いっぱいに広がる。

不味い。間違いなく不味い。

ただ――

とにかく、サーシャは四苦八苦しながら木椀を空にして、銅貨を並べた。

「……ご馳走様《ちそうさま》でした」

手を合わせる。合掌は、この世界にはない文化だ。背後の客たちが怪訝《けげん》な視線を送ってくるけれど、気づいていないふりをした。そういう視線には慣れている。

扉の前で通りを見つめていた少女が、気づいて近寄ってきた。見れば分かるだろうに、一枚、二枚と銅貨を数えて、そっと手のひらに載せる。

少女は三枚の銅貨を大事そうに握り締めて、丁寧に頭を下げた。

「あの、ありがとうございました」

大きな目を伏せて、言葉を続ける。

「えっと、その。ごめんなさい。あんまり、美味しく、なかったですよね」

「……まあ、正直に言えば」

「ううっ」

自分で話を振って勝手に傷ついている。その弱々しい態度が、かえって苛立《いらだ》ちを誘った。つい、尖《とが》った言葉が口を衝《つ》く。

「モツが血生臭いですし、野菜が煮崩れてますし、全体的に味が薄くて水っぽいのに塩気だけはやけに強いですし」

「うううっ」

「百点満点中、三点ってとこですね」

「そ、その辺で勘弁してもらえるとっ」

「……あ。いえ、ごめんなさい。言い過ぎました」

唇の端に自嘲《じちょう》が浮かぶ。批評家気取りか？　サーシャ・レイクサイド。ここは宮廷の厨房ではないし、彼女はお前の部下でも友達でもなんでもない。まして包丁を握れない今のお前に、偉そうなことを言う資格があるとでも？

「帰ります。シチュー、美味し——くはなかったですけど、でも、すごく温かかったです」

背後に視線を感じながら、サーシャは逃げるように店を出た。

街路に出た瞬間、曲がり角から男が現れた。よけきれずに肩がぶつかる。

「っとと、ごめんなさい」

サーシャの謝罪に、男が振り返った。ブラウンの髪を洒脱《しゃだつ》に整え、いかにも上物そうなスーツを着た優男だ。二十歳《はたち》前後だろうか？　身なりはいいが、靴の留め具も上着のボタンも金色に光っていて、お世辞にも趣味が良いとは言えない。

彼はちらとサーシャを見下ろして、相手が小柄な少女であることを確かめてから、これ見よがしに舌打ちした。

「君、気をつけてよ」

そのまま店へ入っていく。

いやいや。今のはお互い様だろう。跡を追いかけて尻でも蹴飛ばしてやろうかと考えて、やめた。今の自分に無駄遣いできるカロリーはない。

何歩か歩き、ふと背後を振り返った。あの少女の料理は、今の男を満足させられるだろうか？答えはおそらくノーだ。もしかしたら、嫌味のひとつやふたつ、言われるかもしれない。

つきん、と胸が痛んだ。この店構えに相応《ふさわ》しいシェフか、せめて、指導者さえいたら。

サーシャは改めて店の外観を見返し、掲げている看板に目を留めた。庇《ひさし》の上に掛けられた木の板には、大陸公用語でこう書いてある。

『踊る月輪亭　ささやかな幸福をあなたに』

「……本当、勿体ないですね」

呟《つぶや》いて、サーシャは再び食堂巡りの旅に出る。物好きな雇い主を求めて。

†

まあ当然、そんなオーナーはどこにもいやしないのである。

だからサーシャは、ある決断をした。


心を決めた翌日、街中でメイヤと再会した。

彼女は袋いっぱいのお菓子を抱え、おまけにリング状の焼き菓子をくわえたまま道を歩いていた。

私服姿の友人が、口をもぐもぐさせながら片手を上げる。

「ふぁーしゃひゃないの」

「立ち食いはともかく、まず口の中を空にしてから喋《しゃべ》ってくださいよ」

メイヤ・ノースヴィレッジの品行が完璧なのは職務時間の間だけで、それ以外は大体こんな感じだ。むぐむぐと忙《せわ》しなく顎を動かしてから、メイヤは袋の中身をひとつサーシャに投げて寄越した。

咄嗟《とっさ》に左手で受け取ったのは、溶かした砂糖が掛かった揚げパンだった。

道端に寄って、漆喰《しっくい》の壁に背中を預ける。

メイヤがくれたパンはとても甘くて、一口ごとに舌先で快楽の火花が弾《はじ》けるようだった。うっかりすると泣いてしまいそうな甘さだ。貪るように食べて、名残惜しげにぺろぺろと指の腹を舐《な》める。

同じように壁に寄りかかったメイヤが、軽い調子で言った。

「就職活動の調子はいかが？」

「全滅です」

「あー」

「ま、そりゃそうでしょうね。料理ができない料理人に、市場価値なんてありはしませんから」

「ふうん。『山海楼』のお友達には相談したの？」

「真っ先に行って、真っ先に断られましたよ。はっ」

アーシェリアの澄まし顔を思い浮かべて、足元の小石を蹴飛ばした。親友だと思っていたのに、あの薄情者め。

「あら意外。彼女なら、てっきりハウスメイドか何かで雇ってくれると思ってたわ」

「えっ、何で？　私、料理以外はさっぱりですよ？　自分で言うのもなんですけど」

「……まあ、それは置いておいて」

こほん。咳払《せきばら》いをして、メイヤはサーシャが抱えた袋を見つめた。そこに詰められている物を確かめて、黒曜石みたいな目を細める。

「それ、何のつもり」

「何って、決まってるじゃないですか。質に入れるんですよ。このままだと私、行き倒れるんで」

カチャリと、サーシャの腕の中で金属同士が擦《こす》れる音がした。メイヤの黒い瞳に、微《かす》かな苛立ちが浮かぶ。

「ちょっと、本気？」

「当たり前じゃないですか」

「それを売り払うくらいなら、潔く飢え死にする人間だと思っていたわ」

「……買い被《かぶ》り過ぎですよ」

両腕に力が籠もる。この袋には、料理人の命ともいうべきものが入っている。即ち、シェフナイフとスキレットが。

「これを売って、ご飯を買うんです。それで、今度は料理と関係ない仕事を探します。私、見た目だけはいいですからね。職工ギルドの受付嬢とかどうですか？　あの制服、この銀髪に似合うと思いません？」

「思わない」

メイヤは淡々と告げた。

「あの白いコート以上に、サーシャ・レイクサイドに似合う服なんてない」

友人の言葉に、肺の辺りから熱い塊が込み上げる。特注品のシェフ・コートは、サーシャの誇りだ。厨房《ちゆうぼう》で生きるという、誓いそのものだ。メイヤは、それを承知で言っている。

でも。誇りだからこそ、あの服は、料理をしない人間が着るべきじゃない。

「……だって、私は、もう……」

「というわけで、はいこれ」

メイヤは巻きスカートのポケットから手のひら大の紙束を取り出し、サーシャの胸元に突きつけた。思わず受け取ると、一枚ごとに一軒ずつ、食堂らしき名前が書いてある。

「これって」

「飲食店ギルドの掲示板に貼ってあった求人票。貴族じゃなくて、私みたいな庶民とか、荒くれ者の冒険者が行くようなお店のね。あなたのことだもの。どうせ、名前を知ってる一流店しか訪ねてないんでしょう」

「……そんな、今更、」

「あなたが目指す料理とは違うかもしれないけど。そういう店で、皿を洗うのもいいんじゃない。高級で上等な料理だけが、料理じゃないでしょ。何か得るものがあるかもしれないし」

「……皿洗いで？」

「皿洗いで。それに、少し時間を頂戴《ちょうだい》。今、姫殿下が辺境伯の身辺を洗ってる。上手《うま》くすれば、あの髭親父《ひげおやじ》を告発できるわ。そうすれば、術者を特定して烙印《らくいん》を解呪させられるかもしれない」

息を呑《の》む。相手は陛下の甥《おい》だ。いくらミリアガルデ第三王女といえど、そう気軽に手を出せる相手じゃない。

それでも、動いてくれている。他でもない、サーシャのために。

メイヤは気休めの嘘《うそ》をついたりしない。サーシャの胸に、温かな熱がじんと広がる。

求人票に視線を落とした。知っている店の名前はひとつもない。求人内容は、皿洗いに給仕、厨房の清掃係。どう考えても、見習いや下働きがやる仕事でしかなかった。

それでも、厨房の仕事だ。

「あ」

紙をめくる手が、ぴたりと止まった。目についた店名を読み返す。

踊る月輪亭——皿洗い、給仕等一名募集。料理について相談できる方歓迎。

「あの店だ」

「知ってる店があったの？　踊る月輪亭。へえ」

字が綺麗《きれい》ね、と微妙にズレたメイヤの発言を聞きながら、サーシャはじっとその求人票を見つめていた。丁寧に綴《つづ》られた文字を眺めながら。

あの冗談みたいに不味《まず》いシチューもどきの味を、鮮明に思い描きながら。

†

翌日、サーシャは再び「踊る月輪亭」を訪れた。今日は、店内に他の客の姿はなかった。サーシャ自身、客ではないのだが。

「いらっしゃいませ——あ、この前の！」

「……ど、どうも」

「わぁ、また来てくれたんですね！　嬉《うれ》しいです！」

花咲くような笑顔が、心に突き刺さる。罪悪感を噛《か》み締《し》めながら、サーシャは首を横に振った。

「いえ、ごめんなさい、そうではないんです。その、今回は求人票を見て」

「求人票？」

サーシャは懐から一枚の紙を取り出した。それを見た少女の眉が、八の字を描く。「しまった」と言わんばかりの曇り顔だ。つくづく分かりやすい。

「面接希望です。その、皿洗いとして」

「あの、その。……ごめんなさい」

サーシャの言葉を受けて、なんだか妙に馴染《なじ》む困り眉のまま、彼女はもごもご謝罪した。

「それ、取り下げを忘れていただけなんです。今、誰かを雇うことはできません」

「……そうですか」

そうかもしれない、とは思っていた。この状態で、洗う皿が余っているはずがない。

沈むサーシャの表情を見て、少女が付け加えた。

「実はこのお店、取り上げられちゃうんです」

「え？」

「借金の抵当として」

「ああ、そういう……」

「前世」でもままある話だ。手持ちの現金で資金繰りできない場合、オーナーは土地や店舗を担保に運転資金を借り入れるしかない。店が繁盛し、順調に返済ができれば問題ないが、そうでない場合は、いずれ担保を差し出すことになる。

そう。

珍しい話じゃない。どこにでもある話だ。

「ここは、お母さんの店なんです」

少女の指がカウンターを撫《な》でる。木目に刻まれた年輪と、降り積もった月日をなぞるように。

「お母さんが生きていた頃は、いつも満席だったそうです。昼も夜もお客さんが沢山詰めかけて、あのシチューは母の得意料理で、あたしも子供の頃、よく食べていました」

サーシャの脳裏に、過去の記憶が蘇《よみがえ》る。サーシャ・レイクサイドの記憶ではなく、「前世」の記憶だ。日本という国に生まれ、生きた記憶。沢山のお客さんで埋め尽くされた店内と、汗を流しながら笑顔で働く――――いや。

「なら、お母様のレシピどおりに作ればいいじゃないですか」

「ないんです」

泣き笑いのような顔で、少女が言った。

「お母さんは、文字が書けない人でした。そのうえ急な事故で亡くなったので、レシピがないんです。直接教わる機会も、ほとんどありませんでした。あたしは、ずっと寄宿舎にいたので」

どうりで綺麗な字を書くわけだ。ふと、そんなことを思った。

「お母さんが亡くなって、お父さんはどこにいるか分からなくて。でも、このお店だけは残したくて、昔の記憶を頼りに、見よう見真似《みまね》でレシピを再現しようとしたんですけど。やっぱり、無謀でした」

「……経験のある料理人を雇えばよかったのでは？」

「はい。最初はあたしもそう思って、お店を担保にお金を借りて、人を雇ったんです。でも、その人が悪い人で。運転資金として借りた金貨、まるっと持ち逃げされちゃいました」

あの求人票は、その頃から出しっぱなしのものです。

少女が補足した。無理やり取り繕うような明るい声が、ひたすら痛々しい。

「それで資金を失い、借金だけが残って、やむなく自分で料理を始めた、と」

「やっぱり無理でしたけどね」

——これ以上は、もう無理だ。

サーシャの脳裏に、かつて聞いた言葉が反響した。

しゃがれた男の声だ。今、サーシャが口にしている大陸公用語とは別の、けれどとても耳に馴染んだ言語で、彼が言う。

——この店は畳む。すまん、×※&が間違っていた。

——きっと、お前の言うとおりだったんだ。%＊※。

衝動が、口を衝《つ》いた。

「諦めるんですか？」

「え？」

「レシピがなくて、騙《だま》されて、アテがなくて目処《めど》が立たなくて、だから、それで、諦めきれるんですか？」

出過ぎたことを言っている。そう思いながら、サーシャは少女から目を逸《そ》らさない。逸らせない。

私なら——私だって。

少女の大きな瞳に、涙の膜が張った。目尻が潤んで、きらきらと揺らめく。

一歩足を踏み出したサーシャが口を開きかけた、そのときだった。

ドアベルが鳴った。

扉の前に、端整な顔立ちをした若い男が立っていた。

よく見れば、この前店の前でぶつかった成金趣味の優男だ。今日も、金のボタンがきらりと光っている。

「い、いらっしゃいま、せ。ガナード、さん」

乱暴に目元を拭った少女が、成金男に向き直った。相手の顔を認識した途端、彼女は明らかに萎縮した。やはり厄介な客なのだろうか。

ガナードと呼ばれた男は、サーシャを一瞥《いちべつ》した後、乱暴に椅子を引いて腰掛けた。どうやら、こちらの顔は覚えていないらしい。

優男は、芝居がかった声で言った。

「さあキルシュさん、約束の日だ。分かっているね。ふたつにひとつだ。この店を明け渡すか、まだ返済の見込みがあると僕を納得させるか」

それで悟った。

このガナードとかいう男が、件《くだん》の金貸しだ。

「ひと月前、きみが言ったことは覚えているね。返済の見込みがあると証明する、と。ここは食堂だ。美味《うま》い飯さえ作れたら、客は入る。作れるようになるから待ってくれ、と」

「……はい」

少女の——キルシュの喉が鳴る。

「ごもっとも。ああ、もっともだとも。僕は優しいからね。待つことにした。ついでに時折、飯も食いに来た。さて、先日食べたランチは、まあ犬の餌が精々だったが、今日はどうかな？　いい具合に天啓でも降ってきたかい？」

サーシャは内心で舌打ちした。態度も言葉も顔つきも嫌味だが、ガナードが言っていることは正しい。

運転資金として金を借りた以上、返済が滞ったなら、担保を差し出すか、将来にわたる返済能力を示すしかない。

キルシュは青褪《あおざ》めた顔で口を開き、躊躇《ためら》い、俯《うつむ》き、そして一瞬だけ、サーシャの顔を見た。

それから顔を上げ、決然と言った。

「食事を用意します。味にご納得頂けたら、返済を待ってもらえますか」

「……マジか。いい度胸だね」

ガナードが肩をすくめた。

「いいよ。僕は優しいからね。何が出てくるか楽しみだ」

踵《きびす》を返したキルシュが、厨房へ向かう。スカートの裾から覗《のぞ》いた足が、微《かす》かに震えていた。

料理は知識と経験の積み重ねだ。だから、今から彼女にできることなんて、ありはしない。

ややあって、暗い面持ちで厨房から現れたキルシュは、おそるおそる木椀《もくわん》をガナードの前に置いた。

高利貸はシチューをひと匙掬《さじすく》い、口に運んだ。

「まっず」

頬を張られたかのように、キルシュがぎゅっと両目を瞑《つぶ》った。瞑って正解だったろう。ガナードが咀嚼《そしゃく》した肉を床に吐き捨てる瞬間を、目にせずに済んだのだから。

「いや本当に不味いね。何の進歩もない。どこかの店で修業するのが先じゃない？　まあ、そんなの待ってられないし、そもそもどこも雇ってくれないだろうけど」

「っ、あ、う」

キルシュの目尻に涙が溜《た》まる。彼女には、言い返せるだけの背景がない。ガナードの言葉は、すべて事実だ。キルシュのシチューが不味いのも、彼女を雇うレストランが存在しないだろうことも、一から修業を重ねる時間がないことも。

でも、彼女は逃げなかった。

では、私は？　お前はどうなんだ、サーシャ・レイクサイド。

宮廷料理人の座を追われ、包丁も鍋もすりこぎ棒も持てなくなって、名のあるレストランのすべてから袖にされて、だから、それで、お前はどうなんだ？

そんなの。

私だって――私だって！

がたん。キルシュとガナードの視線が、一点に集まった。衝動のまま、サーシャは椅子を蹴るように立ち上がっていた。

「では、作り直しましょう」

ぎろりと高利貸を睨《ね》めつける。

「口に合わないというなら、仕方がありません。お作り直しするので、今少しお待ち頂けますか」

「……君は？」

ガナードが、怪訝《けげん》そうに鳶色《とびいろ》の目を細めた。

サーシャはちらとキルシュを見遣り、微かに笑みを浮かべた。

震える足で、それでも逃げなかったあなたを尊敬する。

怯《おび》えながら料理を出すのは最低だけれど、料理を出すことを放棄するよりはずっとマシだ。

だから。

「『踊る月輪亭』の臨時皿洗い担当、サーシャ・レイクサイドです。すぐに吠《ほ》え面《づら》かかせて差し上げるので、その食べかけの椀、お預かりしますね？」

†

厨房《ちゅうぼう》に立った瞬間、すべての感覚が鮮明になった。

陶器のタイルを貼られた壁が、煉瓦《れんが》の竈《かまど》が、吊《つ》るされた鍋や木ベラが、棚に詰め込まれた塩漬け肉や野菜たちが、物も言わずに出迎えてくれている気がした。

君の居場所はここだと、天啓が囁《ささや》いているようだった。

「あのあのあの！」

「なんですか騒々しい」

「お、おお、お客様ですよね⁉　なんで厨房に入ってきてるんですか⁉　あとあの啖呵《たんか》！」

「そりゃ啖呵くらい切りますよくそムカつくじゃないですかあの態度」

「でもでも、ガナードさんはお金を貸してくれた良い人で」

「はーぁ？　どーう考えても、この店の抵当権狙いですよ。ここ、立地はまあまあですけど、建物は立派ですから」

目を白黒させているキルシュを横目に、サーシャは竈の脇に置いた木椀を眺めた。一から作り直す時間はない。リメイクだ。

レシピはもう決まっている。相手はいかにも食通ぶった小金持ちの男。とはいえ、こんな店に自ら足を運ぶ以上、あくまで庶民だ。貴族じゃない。

ならば繊細さを是とする宮廷式ではなく、「前世式」でいきたい。ああいうタイプには、物珍しく、それでいてシンプルな味付けが一番響く。

けれど。

もちろん今のサーシャ一人では、何もできない。薄い手袋の下で、忌まわしい烙印《らくいん》が疼《うず》く。

「キルシュさん」

「はい！　あ、名前……」

「さっきあの男が呼んでましたから。そんなことはどうでも宜《よろ》しい。いいですか、キルシュさん」

サーシャは振り返り、キルシュの瞳を真《ま》っ直《す》ぐ見据えた。

「こう見えて、私は料理人です。それもとびきりの。私のレシピに従えば、必ずやあの嫌味な優男をぎゃふんと言わせることができます。で・す・が、」

手袋のふちに手をかける。一呼吸の間だけ躊躇い、けれど振り切るように脱ぎ捨てた。

淡い粒子を纏《まと》う、緋色《ひいろ》の紋様が露《あら》わになる。

折れた包丁の意匠、料理人殺しの烙印。

キルシュが目を開いた。烙印は、罪人の証《あかし》だ。

「こいつのせいで、大変遺憾ながら、私は自分で料理ができません。だから、作るのはあなたです」

「あ――あたしが、ですか？」

「そうです。できますか。赤の他人の私を信じて、烙印持ちの私を信じて、この店の命運を懸けてくれますか」

翠色の瞳が揺れる。無茶な話だ、と思った。この話を信じる根拠がどこにもない。もしも自分が彼女の立場なら、信じない。

「……ひとつだけ、聞いていいですか」

「どうぞ」

「あのとき、どうして三点だったんですか？　零点じゃなくて」

意表をつかれて、一瞬、言葉に詰まった。もちろん理由はある。何の根拠もない採点はしない。そもそもその「三点」こそが、この店を再び訪れた理由でもあった。

一本指を立てる。

「ひとつは、素材です。使われていた素材は、決して悪くなかった。それであの値段ということは、目が利いて良心的な仲買から仕入れているはず。それで一点」

「お母さんのときと同じお店から、仕入れてるんです」

「なるほど。それから、ふたつ目は煮込み時間」

二本目の指を立てる。

「仕込みはなってないですが、とにかくちゃんと長い時間を掛けて煮込まれていました。だから弾力のある内臓も、するっと噛《か》み切《き》れた。これで二点」

そして三本目。これが決め手だ。

「にもかかわらず、焦げ臭いにおいが全くしなかった。きちんと鍋に水を足し続け、愚直にかき混ぜ続けたからです。つまり、手抜きをしていない」

合計三点。

だからこそ、と思う。だからこそ惜しい。

確かに課題だらけの出来ではある。臭みはひどいし味はでたらめ、スパイスの香りは彼方《かなた》へ飛び去り、野菜は溶けてぐちゃぐちゃだ。

でも。

「あなたの料理は、美味《おい》しくはないけれど、とても誠実です」

キルシュの瞳に、涙の膜が張った。昼下がりの光を受けて、透明に輝く。

綺麗《きれい》だな、と思った。私より背が高いのに泣き虫で、料理が下手《へた》で、けれど春風みたいに暖かい女の子。

サーシャは咳払《せきばら》いをして、両手を打ち合わせた。呑気《のんき》に感動なんかしている場合ではないのだ。今このときが、この店の存亡の危機なのだから。

「さあ、決めてください。もう時間は、」

「信じます」

ぐしぐしと乱暴に目元を拭って、キルシュが、調理台の端に掛かったエプロンを手に取った。ソースや油で汚れたそれを身に着け、熱の籠もった瞳でサーシャを見つめる。

「サーシャさんを、信じます。だから、私に、料理を教えてください」

「――いいでしょう。さあ、急ぎますよ！　ここからは、料理の時間です！」

†

「火精式ですか」

サーシャが竈を覗くと、手のひら大の火精が一翅《はね》、横になって寝ていた。虫のような半透明の翅から、呼吸に合わせて、火の粉に似た鱗粉《りんぷん》が舞っている。

「あ、はい！　母の代から居てくれるベテランさんです」

「結構。火加減の交渉は私がします。キルシュさんは、その椀からモツだけを取り除いて、よく洗ってください」

「あ、洗っちゃうんですか⁉」

「洗っちゃいましょう。というか、下ごしらえせず全部一気に煮込んだせいで、シチューに血の臭みが全部移っちゃってるんですよ。それがあのにおいの原因です」

「う、はい……」

「あと、本当は日本酒と味醂《みりん》が欲しいとこですが、葡萄《ぶどう》酒の白と蜂蜜で代用します。ありますか？」

「ありますけど、みりんって何ですか？　にほん？」

「お気になさらず。じゃ、それもお願いしますー」

匙でモツを選《よ》り分け始めたキルシュをよそに、サーシャは竈の前にしゃがみ込んだ。ん、ん、と咳払いをして喉の調子を確かめる。精霊とのコミュニケーションで大切なのは、第一印象だ。とりわけ、声の良さが占める割合は大きい。

焼け焦げた煉瓦に手をついて、中を覗き込む。

『こんにちは、初めまして。腕利きの火精さん』

石床に臥《ふ》していた火精が、とろりと目を覚ました。小さく半透明な身体《からだ》に火が灯《とも》り、パッと竈の内部が明るくなる。

『サーシャ・レイクサイドです。少しよろしい？』

『驚いた。こんなところに精霊使《せいれいし》が来るなんて』

『私は精霊使じゃないですよ』

『でも、ぼくたちの言葉を話してる。とても綺麗な発音だよ』

『このくらい、一流の料理人なら当然です。例えば、キルシュさんのお母様のような』

火精の纏う火が、嬉《うれ》しげに揺らめいた。やはり、この子はキルシュの母を慕ってここに居着いているのだ。勘所を引き当てた手応えに、内心でほくそ笑む。

『アリア！　アリアのことだね。そうとも、彼女は最高の料理人だった。ときどき蜂蜜を分けてくれたし』

『でしょうね。ところで、アリアさんの娘のキルシュさんが、とっても困ったことになってます。ご存じ？』

『何となく。でもあの子は、ぼくたちの言葉を話せないから』

『ああ。実を言うと、この店が潰れるかどうかの瀬戸際なんです。力を貸してくれますか？』

一際強い光と熱が、火精から放たれた。顔が焼けそうだ。

『ありがとう。私が合図したら、加減を調整してくださいね』

サーシャが立ち上がると、キルシュがぽかんと口を開けていた。

「サーシャさんって、精霊使なんですか？」

「違いますよ。私はあくまで料理人です」

「めちゃくちゃ流暢《りゅうちょう》な精霊語でしたけど⁉」

「私がいた店の精霊使なら、十翅同時に交渉できますよ。大したことないない」

「えええ、どんな店で働いてたんですか……？」

モツを洗うキルシュが、真昼にお化けと出くわしたような目で見てきた。考えてみれば、十翅も精霊がいる厨房というのはそう多くない。並の食堂なら、竈の火精と保存庫の氷精、合わせて二翅も居れば上等だ。

「あたしなんて、『点《つ》けて』と『消して』しか発音できないですよ……？」

「ま、そんなもんじゃないですか」

街にいる精霊の大半は、公用語を聞き取れない。だから料理人は精霊語を学ぶが、習熟度はピンキリだ。キルシュ同様に、最低限の単語しか話せない者が大半で、当然、それでは精霊に頼んで火力を微調整したり、彼らのモチベーションを引き出すような真似《まね》はできない。

サーシャの語学力は、おおむね日常会話を熟《こな》せるレベルだ。これが宮廷厨房のハイネみたいな本物の精霊使となれば、極まった早口言葉みたいな圧縮言語を操って、全く同時に複数の精霊へ異なる「お願い」ができたりする。

「ほらほら、いいから手を動かす！」

「は、はい！」

浮かんだ疑問を脇によけて、キルシュは蛇口を捻《ひね》った。ザルを揺すり、選り分けたモッに水をかける。

「洗い終わりました！」

「よろしい。では、エカトネを一口大にカットして、アマンサをすり下ろしてください」

ユリ科植物に似たエカトネの球根は辛みと食感を、白いアマンサの果肉は甘さとコクを生む。

キルシュの手つきを見て、サーシャは彼女の評価を上方修正した。意外にも、包丁を扱う手際は悪くない。試行錯誤のなかで身につけたのだろうか。もちろん、かつてのサーシャの同僚たちや、何よりサーシャ自身と比較できるものではないけれど。

「できました！」

「グッド。では、始めましょう。まずは鍋で脂を焼いてください。脂が溶け出したらまずエカトネ。その後ゆっくり十五を数えてから、モッを入れて葡萄酒の白をひと回し」

「はい！」

『火精さん、点火。鍋の底が焦げないくらいに』

『了解。鍋の底が焦げないくらいに』

キルシュが鉄鍋の持ち手を掴《つか》んだ。白い脂身が、ぱちぱちと音を立てて焼けていく。放り込んだモッに葡萄酒を振り掛けると、酒精が蒸発して華やかな香りを立てた。

「蜂蜜を三掬《すく》いして、木ベラで混ぜてください」

「はい！」

『火精さん、火力落として。火の粉が鍋に届かないくらい』

『了解。火の粉が鍋に届かないくらい』

「すり下ろしたアマンサをふた匙半。焦がさないよう、手は止めない！」

「こ、こうですか？」

「よろしい。では仕上げです」

サーシャは、携帯している革のポシェットから、陶器の小瓶を取り出した。

計量用の匙さえ使えないのは面倒だが、目分量でも間違えたりはしない。

「それ、なんですか？」

「魔法の調味料、ですかね」

これはサーシャの奥の手だ。

レシピは料理人の生命線。中でもソースの秘密は門外不出。だから宮廷厨房《ちゅうぼう》でも、「これ」の存在を知っている人間は、片手の指ほどしかいない。

サーシャ自身、極力人前では使わないと決めている。

ただ、今回はもう、なりふり構わないと決めたから。

「キルシュさん」

「はい！」

「驚いても、手は止めないでくださいね」

「はい？」

サーシャは、鍋の上でそっと瓶を傾けた。中身は液体だ。濃い赤みのある、黒曜石を溶かしたような黒い液体。この世界には、存在しないはずの調味料。

「――えっ」

じゅわ。

黒い液体は、熱を帯びた鍋肌に触れて、褐色の泡を浮かべた。

三〇〇種類を超える香気成分が揮発し、調理場一面に立ち込める。メイラード反応。あるいはアミノカルボニル反応とも言う。大豆と酵母、フラノン類やエステル類が絡み合って生まれる、複雑玄妙な匂い。

サーシャ・レイクサイドの前世では、当たり前にあった匂い。

醤油《しょうゆ》が焼ける匂い。

「えっ、えっ。これなんですか⁉　毒⁉」

「いやさすがに盛りませんって。豆科の植物から作る発酵調味料……の、再現品です。種麹《たねこうじ》探しから始めて、大体五年がかりで作り上げました」

「それ食べて大丈夫なんです⁉」

「それは保証しますよ。この辺の人、味覚が私の故郷と似てるみたいですし」

「サーシャさんの故郷ってどこですか?」

「とおいとおーい島国です」

二度と帰れないくらいに遠い。

『火精さん、消火』

『消火。了解』

竈《かまど》の火が落ちる。キルシュが、鍋の中身を木椀《もくわん》へ盛りつけた。立ち上る香りに、形の良い鼻がひくひく動く。

「ほんとだ。香ばしくて、良い匂い……」

「王国の料理人としては、反則ですけどね。今回は反則上等です。生まれて初めての味で、椅子から転げ落としてやりましょう。とと、その前に、」

サーシャは食事用のフォークで、モツをひとつ突き刺した。蜂蜜のとろみを纏《まと》い、てらてらと赤茶色に艶めくそれを、キルシュの口元へ差し出す。

「食べてみてください」

「い、いいんですか?」

「もちろん。料理人は、お客様にお出しするものの味を知らなくてはいけません」

キルシュは唾を飲み、フォークの先にふうふうと息を吹きかけた。

桜色の唇で、ぱくりと食いつく。

途端に、大きな翠《みどり》の瞳が、こぼれ落ちそうなくらいに見開かれた。

「――美味《おい》しい」

「カリン羊の内臓は、丈夫で分厚く、単に焼いてもこうはなりません」

サーシャも、モツをひと切れ口に運ぶ。蜂蜜とアマンサの甘み。焼き目は香ばしく、醤油の旨味《うまみ》を強調する。

そして、するりと前歯で噛《か》み切《き》れる独特の食感。

「これを作れたのは、キルシュさんの仕込みがあったからです。今の手際も、悪くなかったですよ」

「これを、あたしが……」

キルシュの瞳が、きらきらと輝いた。その光に、サーシャは目を細める。

美味しいものは、人を少しだけ幸せにする。それはけして、食べる側だけの話ではない。

――ああ、やっぱりいいなあ。

そう思う。

ステーキを床に捨てた辺境伯に飛び蹴りをかましたことを、後悔はしていない。けれど、やっぱりこの烙印《らくいん》が恨めしい。

料理が好きだ。掛け値なしに。叶《かな》うなら、ずっと厨房に立っていたい。

でもきっと、これがサーシャ・レイクサイドの作る、最後の料理だ。

†

「お、お待たせしました」

陶器の皿を載せた盆を手に、キルシュが客席へと歩み寄る。緊張のせいか、動きが全体的にカクカクしていた。

それでも背筋は先ほどよりも伸びていて、ちゃんと前を向いている。

サーシャはカウンター席に腰掛けて、相手の反応を窺《うかが》った。ガナードは置かれた皿に視線を落とし、しきりに鼻をひくつかせている。

高利貸が、怪訝《けげん》そうに言った。

「……随分と様変わりしたね。なんだ？　この匂い……」

「その、えと。お試しください」

キルシュは木の盆をきゅっと胸に抱えて、真《ま》っ直《す》ぐにガナードを見据えた。足の震えは止まらないようだ。けれど翠の目は、もう怯《おび》えてはいなかった。

様変わりした態度に、かえってガナードのほうが鼻白んだ。誤魔化すように、二股のフォークを引っ掴む。

「いいでしょう。では」

金の指輪で飾られた手が、タレの絡むモツを突き刺して口へ運んだ。キルシュが固唾《かたず》を呑《の》む。

静かな店内に、カツカツと木の擦《こす》れる音だけが響く。

しばらくの間、ガナードは無言だった。

無言で――食べ続けていた。

尖《とが》った顎が上下に動く度、その目が段々と見開かれていく。喉が忙《せわ》しなく上下に動く。

ややあって、彼は呆然《ぼうぜん》と口を開いた。

「……なんだこれは」

がたり。ガナードが椅子を蹴って立ち上がる。高利貸は、その勢いのままキルシュに詰め寄った。

「こんな料理は、どの店も出していない！『山海楼』も、『天上美食苑《えん》』もだ！味付けの理屈は分かる。蜂蜜とアマンサの甘み、エカトネの辛味、酒による臭み飛ばし！でも、肝心な部分が分からない。僕の知らない調味料が使われてる。おい、きみ、一体何を――」

「そこまで」

キルシュの襟首に伸びた手が、ぴたりと止まった。

「そこまでです。それ以上近づくと、火傷《やけど》しますよ」

二人の間を、火の粉を散らして火精が通り過ぎていく。高温の鱗粉《りんぷん》に鼻頭を焼かれ、ガナードがぎゃっと悲鳴を上げた。

『ありがとう』

火精に礼を告げて、サーシャはカウンター席を立った。そのまま、キルシュを庇《かば》うように二人の間へと割って入る。

赤くなった鼻を押さえたガナードが、ぎろりとサーシャを睨《ね》めつけた。

「きみ、精霊使だったのか」

「違いますって」

「何でもいい。このソースは何だ？　こんな味付け、どこで学んだ？」

「はっ」

サーシャは思い切り口角を吊り上《あ》げて、鼻で笑った。

「ばっっっかじゃないですか？　レシピは料理人の生命線。ソースの秘密は門外不出。だぁれが教えるものですか！」

ぴしりと指を突き出す。

「今回は特別な材料を使いましたが、似た味ならキルシュさん一人でも再現できます。とっても美味しかったでしょう？　同じ内臓料理なら、『山海楼』にも負けやしません！」

もちろんこれはハッタリだ。いくらなんでも、あの超一流店の一皿には敵《かな》わない。

けれど、人生には大口を叩《たた》くことが必要な場面もある。特に、金を持っている輩《やから》を相手にしているときは。

「さあ！　さあさあ！　どっちがいいですか？　ここでキルシュさんから担保を取り上げて、このボロい店を手に入れるか。それとも彼女の未来に賭《か》けて、きっちり利息と元金を回収するか！」

背後から「ボロ⁉」と叫ぶ声が聞こえたが、気にしてはいられない。断固として視線を逸《そ》らさずに、サーシャはガナードを睨《にら》み続ける。

そして。

彼の手が、鼻から口元へと移動した。目つきが変わる。嫌味なサディストではなく、冷徹に算盤《そろばん》を弾《はじ》く商人の顔になる。

そう、それでいい。サーシャは口を閉じて、高利貸の反応を待つ。

ややあって、ガナードは静かに言った。

「一〇〇日だ」

告げられた猶予は、短くはないが、けして長くもない。

けれど、何かを変えるには充分な時間だ。

「一〇〇日の間に、この店を繁盛させてみなよ。それまで返済は待ってやる。それと——」

「それと？」

ガナードは肩の力を抜いて、両手を上げた。

「店の一番目立つ場所に、貼り紙をしてくれ。『ガナード氏は良心的な金融商人です。ご融資を希望の方は、お気軽にホワイトナッツ通りの赤い屋根まで』ってね」

†

ガナードが去った後、張り詰めていた糸が切れたかのように、キルシュがへろへろと床にしゃがみ込んだ。

「……ひゃくにち」

「よかったですね。猶予が貰《もら》えて」

淡々としたサーシャの言葉に、キルシュがふにゃりと顔を崩す。今にも泣き出しそうにも、笑い出しそうにも見える顔だ。彼女はよろよろと立ち上がって、頭に巻いた三角巾を解《ほど》き、ふらふらと歩き出した。

サーシャのほうへ。

「さーしゃさぁん」

「うわぷ。あー……はい、よしよし。よく頑張りましたね」

サーシャは抱きついてきた少女を受け止め、軽く後頭部を撫《な》でた。滑らかな亜麻色の髪は、するすると指が通り、撫でているだけでも気持ちがいい。

やがてキルシュが身を離すと、サーシャは、指の背で彼女の目元を拭った。照れたように、キルシュが微笑《ほほえ》む。

「あの、本当にありがとうございました」

「いえいえ。それより、レシピの件ですが」

「レシピ？」

「ええ。訳あって、あの調味料は私にしか作れません。ただ、幾つかの素材を組み合わせることで、似た物は再現できます。なので今後はそちらを」

キルシュの顎が落ちて、小さな口がぽかんと開いた。

「どうかしましたか？」

「えっ、いえ、あのっ、サーシャさんしか作れないなら、サーシャさんが作ってくれればいいのでは……？」

「アレは本来、この国には存在しない調味料です。大っぴらには使えません。それに、私はここでは働けないわけですし」

「何でですか⁉」

「いやだって、皿洗いの募集はしてないんですよね？　話の流れで、さっきはああ言いましたけど」

「してま、――す！　ます！　今、再開しました！　めちゃくちゃ皿洗い募集中です！　わぁーあー、どこかにいい人いないかなあ⁉」

「あと、給与出せるんですか？　私、このままだと家賃が支払えないんですけど……」

「それは後払い……ですけど！　この店二階が居住用で、父が使ってた部屋が余ってます！　ご飯も出しますよ！　三食賄い付き！　水火精式のお風呂《ふろ》もあります！」

どうですか？　とキルシュはサーシャに食ってかかる。服の裾を握る手は、力の籠め過ぎでプルプルと震えていた。はぐれた親をやっと見つけた、迷子の子供のようだ。

堪《こら》えきれずに、サーシャの唇から笑みが零《こぼ》れた。もちろん、さっきの言葉は冗談だ。とっくに心は決まっていた。

「三食賄いアンド風呂付き。そいつは魅力的ですね」

「ですよね⁉　あ、でも、ご飯作るの、あたしですけど……」

「教えてあげますよ」

サーシャの言葉に、キルシュの顔が綻ぶ。春の朝に、日の光を浴びた蕾《つぼみ》のように。

「私が教えて、あなたが作る。そういう分担で行きましょう」

「──はい、サーシャ先生！」

「先生？」

「駄目ですか？　じゃあ、サーちゃん！」

「サーちゃん⁉　あなた距離の詰め方バグってません⁉」

「バグ……？」

「あー、すみません流してください……」

サーシャはキルシュの手をそっと解いて、背中を向けた。途端にキルシュの声が不安げに揺れる。

「えっ、あの……？」

振り返るつもりはなかった。今、自分の口元は、みっともなくにやけてしまっているだろうから。

誰だって、自らが誇りとすることで、人に求められたら嬉《うれ》しい。まして、好感を持っている相手からなら尚更《なおさら》だ。

できるだけ平静を装って、サーシャは答えた。

「荷物を持ってくるだけですよ。良ければ手伝ってもらえると、助かります」

「──はい、サーシャさん！」

扉を開ける。軽やかにドアベルが鳴る。

眩《まぶ》しい午後の光の中、表通りから届く街の喧騒《けんそう》が、耳に心地よかった。

レシピその2　ふんわりカスタード入りクレープにベリーを添えて

荷物と言っても大したものはない。調理器具とシェフ・コート。それから私服が何着か。

調理器具は、すべてキルシュに詰めてもらった。サーシャがやろうとすると、長い棒で引っ掛けて袋に落とすように詰める必要がある（質に入れようとしたときはそうした。あまりに間抜け過ぎて泣きそうだった）。なので、大変ありがたい。

「サーシャさんって、包丁、何本持ってるんですか？」

「七本」

「ななほん」

もっとも愛用しているシェフナイフを筆頭に、果物用のペティナイフや魚用のフィレナイフもある。

もっともこれは、形に合わせてサーシャが勝手にそう呼んでいるだけだ。この世界では、「前世」ほど包丁の区分けはなされていない。

一方で、純粋な鋳造・鍛造の技術は、ともすれば「前世」以上にも思える。セラミックスやタングステンばりに硬い金属がゴロゴロしているせいだろう。熱に強い金属に対する加工技術も成熟していて、取手つきの鍋やフライパンもある。

「ま、今では全部お飾りですよ。こいつのせいで」

サーシャは両手の甲を見下ろした。今は絹の手袋に隠れて見えないが、そこには深い緋色《ひいろ》を湛《たた》えた烙印《らくいん》が刻まれている。

火花の痛みを思い出して、鬱々した気分になってきた。首を振る。顔を上げてキルシュのほうを見遣ると、彼女はじっと調理台に並べられた包丁を見つめていた。まるで、玩具《おもちゃ》屋のショーウィンドウを見つめる子供だ。

「シェフナイフ——一番右のやつ以外は、貸してあげてもいいですよ」

「いいんですか⁉」

「どうせ、私には使えませんからね」

口の端に自嘲《じちょう》が浮かぶ。キルシュが、おそるおそる尋ねてきた。

「あの。烙印って、悪いことした人に掛けられるもの……ですよね？　一般的には」

「らしいですね」

「あ、もちろんサーシャさんのは、何かの間違いだって思ってますけど」

「いやまあ、お気になさらず……」

王族に飛び蹴りかましたのは事実だ。善か悪かで言えば、悪だろう。

キルシュが、気遣わしげにサーシャの手を見遣る。

「あのぅ。それ、解呪できないんでしょうか」

「残念ながら、掛けた本人じゃないと無理だそうで」

宮廷を出るときに、メイヤのツテで宮廷魔術師から教わったことだ。烙印は、施した魔術師本人か、その師匠筋にあたる魔術師しか解除できない。

よって、まずはあの魔術師の正体を突きとめなくてはいけない。

聞いた話によれば、魔術師というのは誰も彼も超がつく秘密主義者だそうだ。正面から探っても、徒労にしかならないだろう。今回の件が、本当にバーンウッド辺境伯の逆恨みによるものだとすれば、彼が魔術師に依頼した証拠を押さえて、本人に解呪を指示させるのがてっとり早い。

辺境伯は、しばらく王都に滞在するそうだ。おそらく数ヶ月後に控える収穫祭と、そこで行われる神饌《しんせん》会に参加するつもりだろう。

とはいえ、王族の身辺を探るような真似《まね》は、一料理人であるサーシャには到底不可能だ。

そちらは第三王女とメイヤに任せるしかない。頼みますよ、ほんとに。荷物をまとめながら、伶《れい》俐《り》な眼差しをした親友に、心の中でエールを送った。


キルシュが持ち出した荷車によって、引越しはつつがなく完了した。

二人がかりで荷下ろしを終えた頃には、夜空に、ふたつの月と無数の星が瞬いていた。

「サーシャさん、こっちです」

キルシュが手招きする。「踊る月輪亭」の裏手には、居住スペースである二階へ直接行ける階段が備え付けられていた。

「しばらくお掃除できてないので、ちょっとだけ埃《ほこり》っぽいんですけど」

「いえ、充分ですよ。何しろタダですからね」

キルシュの父が使っていたという空き部屋に通された。ざっと室内を見渡す。黒檀《こくたん》に似た色合いの衣装棚に、書き物用の机。充分に大きなベッド。明かり取りの窓にフェルトのカーテン。床は確かに薄く埃を被《かぶ》ってはいたものの、それ以外はよく整頓されていた。

「とりあえず今日は我慢してもらって、明日シーツとか洗濯しますね」

「自分でやります。家事の分担、決めないといけませんね」

炊事ができない分、何か別の部分で貢献したいところだ。炊事以外に得意な家事はひとつもないので、精霊語と努力と誠意で何とかしていきたい。

「それで、こっちが例のお風呂です」

「水火精式浴槽！　自宅にコレがあるの、最っ高ですね……」

サーシャが借りていたアパルトメントには、入浴設備が存在しなかった。沸かした湯で身体《からだ》を拭くか、通りの反対側にある公衆浴場まで歩くかの二択だ。

しかし今日からは毎日清潔なお湯に入ることができる。それも湯沸かしの手間がない精霊式で。

サーシャは陶器の浴槽に近づき、中を覗《のぞ》き込んだ。青みを帯びた、半透明の精霊がころころと転がっている。

『こんにちは、水精さん』

『あら、どちら様？　ヒトにしては、随分綺麗《きれい》な発音ね』

『どうも。今日からここでお世話になる、サーシャと言います。どうぞよしなに』

『そうなの？　話ができるヒトは大歓迎だわ。よろしくね、サーシャ』

ひらりと手を振って、湯船を離れた。湯を沸かすための給湯釜の下を覗いて、火精にも挨拶を済ませる。

今度は蜂蜜を持ってくると伝えて、部屋を出た。

はあぁ、とキルシュが感嘆のため息をつく。

「やっぱりサーシャさん、すっごく精霊語が上手《じょうず》ですよね……」

「まあ、日常会話程度なら。キルシュさんも勉強してみます？　便利ですよ。料理でも、それ以外でも」

「うっ、検討します……」

精霊とのコミュニケーションは、潤いのある生活に必要不可欠だ。彼ら（といっても無性だが）は自分たちの役割を理解しているから、定期的にお菓子や蜂蜜を差し入れるだけでも問題はないけれど、会話ができるに越したことはない。

逆に精霊たちをおざなりに扱い過ぎると、家を出ていかれてしまう。そこまでいかずとも、へそを曲げて「お願い」にきちんと応えてもらえなくなる。つまり折角のお風呂に入れなくなる。死活問題だ。

「家付きの精霊って、他にいます？」

「後は店の冷蔵庫にいる氷精さんくらいですかね」

「了解です。そちらは明日にしましょう」

その日の夕食は、サーシャの指導の下、キルシュが鹿肉をローストした。普段の食事も、店の厨房《ちゅうぼう》で作っているそうだ。生野菜を素手で千切るだけなら問題ないことに気づいたサーシャは、ひたすら葉物野菜を千切ってサラダを作った。

「『踊る月輪亭』の新しい門出に、かんぱーい！」

「はいはい乾杯乾杯」

葡萄《ぶどう》酒を注いだグラスを掲げる。グランベル王国に、飲酒年齢に関する定めはない。そもそも十六歳のサーシャも、十七歳のキルシュも、王国基準では立派な成人だ。

二人きりのささやかな祝宴は、それなりに盛り上がった。火精に細かく注文をつけて低温で焼き上げた鹿肉はしっとりと柔らかく、形の歪《いびつ》なサラダも悪くなかった。

互いに、話すべきことは無限にあった。『踊る月輪亭』の新展開について。新しいメニュー。仕入れの見直しに、お店の宣伝方法その他諸々《もろもろ》。

夜が更けるまで語り合い、順番に風呂に浸《つ》かって、泥のように眠った。

ここまでは順調だった。それはそうだ。

まだ、何も始まってはいないのだから。

†

翌朝は騒がしく始まった。少なくとも、サーシャの主観では。

久々のアルコールが効いたのか、あるいは入浴効果か、慣れない寝台でもぐっすり眠れた。

カーテンの隙間から射す朝日を浴びて微睡《まどろ》んでいると、ぱたぱたと廊下を歩く音がする。

軽快にドアをノックされて、今日から共同生活が始まることを思い出した。

めちゃくちゃ寝起きだけれど、まあいいか。

「ふぁい、どうぞ」

「おはようございます。あの、朝ごはん、作ってみました。お口に合えばいいんですけど……」

包丁に代わる新たな相棒が、指先をもじもじとすり合わせる。昨日とは色の異なる三角巾が、亜麻色の髪を鮮やかに彩っていた。

「こ、こちらです！」

寝ぼけ眼で案内された食卓には、ふたつの大皿が並んでいた。一枚には薄く焼かれた薄茶色の生地が重ねられ、もう一枚には昨日の残りの鹿肉のロースト、炒《い》り卵《たまご》、緑の葉物が盛られている。

「薄焼きのガレットですね」

「素人《しろうと》料理で恐縮ですが……！」

「いえ、上等ですよ。謹んで頂きます」

ガレット。殻ごと穀物を引いた粉に、水と塩を混ぜて焼く家庭料理だ。まだ湯気を立てているそれをぺろりとめくり、裏表を確かめる。過度な焦げ付きや裂け目のない、丁寧な焼き方だった。

鹿肉を一切れ、載せて巻く。

「ふむ、ガナ粉」

「安いので……」

「悪くないですよ。栄養豊富ですし。ただ、混ぜ方はもっと雑でいいです」

「は、はい！」

二人で卓について、もっしゃもっしゃと朝食を頬張った。

思えば、誰かと朝食を共にするなんて久しぶりだ。「山海楼」で下働きしていた頃以来で、なんだか懐かしい。

食事を終えた後は、氷精への挨拶がてら、冷蔵庫の中身をあらためた。羊、豚、鳥、野菜、卵、ミルク、粉物、チーズ、塩に砂糖が少し。香草の類《たぐい》も多少ある。

「やはり、肉類の質がいいですね。あと、卵があるのは素晴らしい」

「同じ商会から仕入れてるんです。仲買さんが母の知り合いだったらしくて」

畜産物の質が高い一方で、野菜は微妙。旬を外した果実や、鮮度の落ちたものが目立つ。こちらはキルシュが自分で市場を巡って仕入れたのだろう。

教えることは山ほどあるな、と思いつつ扉を閉じた。

キルシュと相談して、今日のメニューは手早く調理できるペグー豚のソテーのみとした。昨晩話した新メニューのひとつだ。肝心のソースは、今、店にあるもので作れるようサーシャが調整した。

そしてキルシュはエプロンドレスを、サーシャはシェフ・コートを纏《まと》って、開店の時間を迎えた。

迎えたのだが。

「まー、客が来ないと新メニューも何もありませんね」

「はは……」

かき入れどきの正午を過ぎてなお、来客はゼロ。気合いを入れて着替えたシェフ・コートが寒々しい。

「いつもこんな感じなんですか？」

「お恥ずかしながら……」

えへへ、とキルシュが頬を掻《か》いた。可愛《かわい》い。可愛いけれど、かわいこぶっている場合ではない。

どんなに美味《うま》い料理を出すレストランも、客が来ないと話にならないのだ。

「外で呼び込みでもします？」

「えっ⁉」

ぴしりとキルシュが固まる。

「あ、いえ、嫌なら無理にとは。私もやり方よく分かりませんし」

「い、いえ。やります。あたしの店ですから……！」

見ているサーシャのほうが心配になるような悲愴《ひそう》さで、キルシュが小さな拳を固めた。不安と緊張に肩を怒らせて、店を出ていく。出来の悪いからくり人形みたいな足取りだった。

「……い、いらっしゃいませぇ……」

サーシャがそっと入り口脇の窓を開けると、蚊の鳴くような声が聞こえた。

「……美味《おい》しい、あの、お昼、ご飯が食べられますよー……」

ダメだ。見ているサーシャのほうがキツい。共感性羞恥で死ぬ。通りかかる人も、いたたまれないものを見る目を向けていた。

結局この日、ランチタイムに訪れたのは、大聖堂への道を尋ねに来た観光客が一人だけだった。

†

「というわけで、作戦会議です」

「ひゃい……」

「ほらほら元気出してください」

「ううー……」

ずびび、とキルシュが洟を啜《すす》る。

午後はディナーへ向けた仕込みの時間だ。とはいえ、こんな状態では仕込むも何もない。再び臨時休業の木札を掲げた店内で、サーシャはキルシュと向き合っていた。

「このままじゃ駄目です。全然駄目。何しろあと一〇〇日、もとい九十九日しかありません。真っ当な手段ではちょっと厳しいですよ、これは」

「ですよね……」

キルシュが肩をすぼめる。

サーシャの見立てが確かなら、彼女には料理人としての素質がある。知識と経験がなさ過ぎるだけだ。改善の余地は大いにあるし、そうなれば自然と客足は戻るだろう。

いずれは。

けれど、「いずれ」では間に合わない。

「こういうときの手はひとつです。料理の品数を絞って、宣伝に力を入れる」

「えと、宣伝は分かります。でも、品数を絞ったら逆にお客さんが減りませんか？」

亜麻色の頭が横に傾く。サーシャはかぶりを振った。

「いいえ、絞るべきです。まず、今のキルシュさんは、プロの料理人としてはド素人同然です」

「はうっ」

「なので、いきなり複数のレシピをマスターしてもらう余裕はありません。もちろん基礎から少しずつ教えますが、回り出した厨房は戦場ですから。この前のように、私がいちいち指示を出すわけにはいかないですし」

「そっか、そうですよね」

「もうひとつは、看板料理を作るためです。品数を絞れば、自然とそれがこの店の看板料理になります』

「看板料理……」

「はい。繁盛店には必ず、看板料理があります。その店でないと食べられない、特別なスペシャリテ。往々にして、お客さんは店名ではなく看板料理で店を覚えるものです」

「例えば、『山海楼』の羊料理みたいな？」

「そうですね。『ミート・アイランド・パーク』のアイランド・ステーキ、『天球の廻転亭《かいてん》』の季節野菜のタルト、『天上美食苑《えん》』の海鮮八色点心。いい店には、必ず看板料理があります。どれも、それひとつで勝負できるくらいの逸品です」

「美食の都」グランベル王都にひしめく無数の飲食店の中でも、特筆すべき存在感を放つ名店たち。「山海楼」を筆頭に、名のある店々に共通しているのは、「この料理なら天下一品」と誰もが認める看板料理の存在だ。

「看板料理……」

「とはいえ簡単にできるものではないですし、キルシュさんの練習も必要です。なので当面は試作品を作りつつ、並行して店の宣伝をしながら、ついでに運転資金を稼ぐ必要がありますね」

「確かに……えっ、すごい難しくないですか？」

「ええ」

そのとおり。難しい。けれど、妥協を選ぶ余裕はないのだ。

うんうんと二人でしばらく頭を悩ませていると、やがてキルシュが、思い出したかのように手を打った。

「そうだ。アレが使えるかも！」

キルシュが店の倉庫から引っ張り出してきたのは、両脇に金属製の車輪がついた火精式の竈《かまど》だった。かなり年季が入っているが、造りはしっかりしている。

「これ、屋台用の携帯竈……ですよね？」

「はい。お母さんが昔、言ってたんです。収穫祭の日は屋台を出してたって」

「竈しかないですけど」

「奥に庇《ひさし》とか骨組みもありました。ちょっと埃《ほこり》を被《かぶ》ってるので、お掃除が必要そうですけど……」

サーシャは、琥珀色《こはくいろ》の目を凝らして倉庫の出入り口を見つめた。日の光を受けて、きらきらと埃が煌《きら》めいている。ちょっと。あれが？

「……まあ、屋台を出すのはアリですね」

確かに、店に客が入らないなら、客のいる場所に出向くのが手っ取り早い。市場の出入り口辺りに屋台を据えれば、それなりに人目を引くだろう。小銭も稼げるし、店の宣伝にもなる。

問題は何を売るかだ。少なくとも、今のキルシュに作れるものでなくてはいけない。

脳内にあるレシピ帳をパラパラめくる。

「お」

ひとつ、ピンと来るものがあった。これなら無理なく作れるし、目新しく、なにより屋台販売の実績がある。

サーシャは、竈の煤《すす》を払おうと悪戦苦闘中の背中に声を掛けた。

「キルシュさん、厨房《ちゆうぼう》へ行きましょう。お料理の時間です」

「え？」

鼻頭に煤をつけたキルシュが、きょとんとした顔で振り返る。

†

「卵と溶かしバターを混ぜて、砂糖をふた匙《さじ》。よくなじんだら、目の細かい小麦粉を入れてしっかり混ぜます。ただし、練ってしまわないように」

サーシャの指示に従い、キルシュは抱えたボウルに木ベラを差し込んだ。ぐるぐる。ではなく、切るように混ぜる。

できるだけダマを残さないようにしつつ、しかし生地を練り込んではいけない。グルテンが多くでき過ぎてしまい、焼き上がりが固くなるからだ。

最後にミルクを注いで軽く混ぜ、冷蔵庫で寝かせたら完成。

「これ、ガレットですか？」

「似ていますが違います。クレープですね。卵や砂糖が手に入りやすい宮廷だと、こっちが主流です」

「なるほど……え？　宮廷？」

「ま、焼き方はガレットと同じです。ただ、一度裏返してください」

「はい！」

「さて、ここからが本番。カスタードを作ります」

「カスタード！　……って何ですか？」

「美味しいものです。甘くて黄色くてとろっとろですよ」

「なんと」

「この甘い生地に甘いカスタードを塗って、甘酸っぱいフルーツを載せて包みます」

ごくりとキルシュの喉が鳴った。

「そんなの許されるんですか……？　悪魔の食べ物では……？」

「もっとすんごいの食べてますよ、王侯貴族は」

キルシュが目を剥《む》く。事実だ。

サーシャの指導の下、カスタード作りが始まった。まずはガーガーの卵を片手鍋に割り入れ、砂糖と小麦粉を入れてよく混ぜる。粉っぽさが消えたくらいで温めたミルクを三回に分けて注ぎ、火にかけてひたすら混ぜる。すると、びしゃびしゃだった卵液が徐々にとろみを帯びていく。

鍋ひとつで美味しく作れるのがカスタードクリームだ。水分が入るため保存は利かないものの、生クリームより遥《はる》かに手軽に作ることができる。

「仕上げに沸かした蒸留酒を少し入れてください。香りづけですね」

「おお……！」

そうして出来上がったカスタードは、氷精に冷やしてもらう。対価はカスタードひと匙分だ。

冷えて固くなったクリームを生地に塗りたくり、赤と紫のベリーを載せてくるりと巻けば、立派なクレープの出来上り。

キルシュが歓声を上げた。

「わあ！」

「どうです？　これなら調理も簡単ですし、客がいないときに生地を作り置くこともできます。カスタードは仕込みが必要ですが、火加減さえ間違えなければ、大量に作れますよ」

「これ、食べていいんですか⁉」

「どうぞどうぞ。……あ、でも半分ください」

キルシュがクレープに手を伸ばした。柔らかな生地が破けないように、丁寧な手つきで口元へ。

ぱくり。

くわっと翠《みどり》の瞳が見開く。

「んー！　んー！」

もぐもぐと口元を動かしながら、無言で袖を引っ張ってくる。大きな目が爛々《らんらん》と輝き、目尻がとろんと蕩《とろ》けていた。

「美味しいですか？」

「……っ、サーシャさん、もう最高です……」

「はいはい、それはどうも。知ってます」

涙ぐんで感動しているキルシュをあしらいつつ、半分残ったクレープを口に運ぶ。もっちりとしたクレープの食感に、とろっとしたカスタードの甘み。野生のベリーが弾《はじ》けて、爽やかな酸味が口いっぱいに広がる。

うん、悪くない。

「上出来。まずはこれで行きましょう」

「はい！」

まあその前に埃を被った屋台をどうにかしないといけないわけだが。

というわけで、サーシャとキルシュは屋台の掃除に取り掛かった。骨組みや車輪は埃を被っているし、竈は煤だらけ。鉄板には赤錆《あかさび》が浮いている。幸いなことに、庇用の布だけは油紙に包まれていて無事だった。

「サーシャさん、こんな感じですかー？」

「あー、ちょっとズレてますね。もうちょい右です！　そう、そこ！」

全身の疲労と大量のぼろ布を代価に掃除を終え、骨組みに浅葱色《あさぎいろ》の庇を被せると、途端に屋台らしさが増した。

「お、屋台だ」「新しいお店を出すの？」「何を売るのかな」

金束子《かなだわし》を握って鉄板を磨き上げていると、続々と野次馬《やじうま》が集まってくる。

「美食の都」の住民は、基本的に誰も彼も食いしん坊だ。新しい店を見つければ、とりあえず興味を持ってくれる。その分、悪評が広まる速度も容赦ないが。

集まってきた人々に、キルシュはぎこちなく屋台の宣伝をしていた。

なんとなく分かっていたことだけれど、キルシュ・ローウッドは、外見から受ける印象ほどには社交的じゃない。どちらかと言えば口下手《くちべた》だし、緊張しいだ。サーシャを勧誘したときの積極性は、それだけ必死だったからだろう。

将来的には、やはりスタッフを増やす必要がある。特に、給仕や会計を務めるホールスタッフは必須だ。サーシャにもできないことはないけれど、気に食わない客に飛び蹴りをかますような料理人は、可能なら厨房から出るべきではない。

皿、割るし。

掃除を終える頃には、とっぷり日が暮れていた。

「キルシュさん。鼻の頭、真っ黒ですよ」

「サーシャさんこそ」

夕日に染まった顔を見合わせ、揃《そろ》って吹き出す。どちらの顔も、負けず劣らず煤まみれだ。

昨日の倍近い時間をかけて風呂《ふろ》に入り、念入りに汚れを落とした。

そして翌日、二人は朝一で即日営業許可の申請書類を飲食店ギルドの窓口へ提出し、意気揚々と屋台を曳《ひ》いて市場の端に陣取った。

客は来なかった。

「何でですか⁉」

「な、何ででしょうねぇ……」

十枚近く重なったクレープ生地を見つめて、キルシュがしょぼんと肩を落とす。

生地の作り置きは望ましくないのだが、ついはりきって焼いてしまったのだ。

湯気を立てていた生地の表面は、少しずつ乾き始めていた。それと反比例するように、キルシュの気配は湿り気を増していく。いくら迷宮市場《メイズ・マーケット》の端っことはいえ、昼どきだ。多少の人通りはあるというのに。

やがて、彼女は小さく呟《つぶや》いた。

「やっぱり駄目なのかな……」

その目尻が潤んでいることに気づいて、サーシャは舌打ちしそうになる。

「……泣き虫……」

「えっ」

「何でもないです。なーにが駄目なんですか何が」

「何もかもです。あたしがお店を続けるのも、この屋台も」

「へー。じゃあやめます？」

「……意地悪……」

「誰が意地悪ですか」

「サーシャさん」

「今のは質問じゃないですけど」

「ちょっとくらい弱音に付き合ってくれてもよくないです⁉」

「やです。私面倒臭い女嫌いなんですよ面倒臭い男の次に」

「めんっ、あたし面倒臭くないです！　な、な、ないですよ、ね？」

「そういうこと聞いてくる時点で面倒臭い……あっ、こら、ホントに泣くのはなしでしょう⁉　客来たらどうすんですか！　厨房で泣くな！　ずる！」

結局、ぎりぎりのところでキルシュは涙を堪《こら》えた。

肩の震えが収まった後、彼女はぽつりと呟くように言った。

「……サーシャさんは、お料理、好きですか？」

「好きです。死ぬときは厨房で、と決めています。もちろん比喩ですけど」

「あたしは、好きじゃないです」

ばつが悪くて正面の喧騒《けんそう》を眺めていたサーシャは、そっと視線を隣に向けた。

泣き虫の相棒は、目を伏せて、革靴の爪先を見つめている。

「面倒だし、失敗すると悲しくなるし、失敗したものを食べているともっと悲しくなるし、たまに成功しても食べたらすぐなくなっちゃうし、面倒だし」

「……そうですね」

「お店を残そうと頑張ってみましたけど、やっぱり上手《うま》くいかなくて、お客さんは料理を残すし、いやあたしが下手だから仕方ないんですけど、ほんとあたしが悪いんですけど、でも」

再び、翠の瞳が潤みだす。小さな手にきつく握りしめられて、エプロンドレスに皺《しわ》ができていた。

サーシャはため息をついて、半歩分だけ彼女のそばへと近づく。

「お皿に残った料理を捨てるの、すごく辛《つら》くて、悲しくて」

その辛さは、痛いほどに分かる。

サーシャ・レイクサイドは天才だ。けれどそれは、「失敗しなかった」ということを意味しない。

むしろ逆だ。唇を噛《か》んで残飯をゴミ箱に捨てた回数は、前世も今世も数えきれない。

すべての料理人が通る道だ。一流ホテルのシェフも、定食屋の主人も等しく皆が。

でも。

でも、安い同情が何になるだろう。

「――今は、私がいます」

サーシャは前を見ながら告げた。色とりどりに咲く庇《ひさし》や日除け傘、幟《のぼり》の上で、青空に二羽の白い鳥が飛んでいる。

「私のレシピに従う限り、失敗なんてあり得ません。どの皿だって完食御礼、間違いなしです」

少しだけ躊躇《ため》らってから、付け加えた。

「信じてください。私は、あなたを助ける副料理長なんですから」

とりあえず、今のところは。

口に出せない本音を呑《の》み込んで、微笑《ほほえ》みを形作る。キルシュの瞳に光が差し込み、星のようにきらきら瞬く。

†

「あなた、こんなところで何してるの?」

太陽が中天から降り始めた頃。

ようやく訪れた一人目の客は、サーシャの知り合いだった。

黒髪黒目。見慣れたメイド服から純白のエプロンを剥ぎ取った、黒いワンピース姿のメイヤが、こてんと首を傾《かし》げる。

「見てのとおり、屋台ですよ屋台」

「ふぅん」

サーシャの言葉を受けて、激甘党の第三王女付き給仕メイドは、きらりと目を光らせた。形の良い鼻をひくひく動かし、積まれたクレープ生地を横目で窺《うかが》っている。

「あのサーシャ・レイクサイドが屋台。素敵ね。あ、これ、皮肉じゃないわよ」

「どうも。良ければ買っていってくださいよ」

「でも、あなたは——」

そこで初めて気づいたかのように、メイヤの視線がキルシュを捉えた。

「なるほど。調理はこちらの方がする、と」

メイヤはキルシュに向き直り、スカートの端を摘《つま》んで、宮廷仕込みのカーテシーを決めた。そうしていると、どこからどう見ても完璧なメイドだ。

「初めまして、お嬢様。メイヤ・ノースヴィレッジと申します」

「おじょっ、あ、いえ、はい！　キルシュ・ローウッドです！　サーシャさんにはいつもお世話になっていて、」

「そういうことです。今の私は横から口出して、皿を洗うのが仕事ですね」

「いいご身分じゃない。そういうことなら、ひとつ頂くわ。殿下はまだしばらく会食だろうし」

どうやら、仕事の合間で市場に来ているらしい。迷宮市場の近所で王族が使う会食場所といえば、「天上美食苑《えん》」だろうか。そう考えてから、ふと気づく。

「会食に給仕役がいなくていいんですか？」

「その予定だったのだけど、人払いされたのよ。さすがに護衛は残ってるけど」

「――あのあの、できまし、た……！」

二人の間に割って入るように、キルシュが素焼きの皿を差し出した。手で持ちやすいよう、くるくると巻いてカットされたクレープが三切れ。この場で食べて、皿は返してもらうシステムだ。

「へえ……」

メイヤは皿を受け取り、まじまじと載っているものを見つめた。

網目のような焼き色がついた、見るからに柔い卵色の生地。その切れ目から溢《あふ》れるカスタードクリームに、紅玉みたいなベリーが埋まっている。さらに白い粉砂糖が振りかけられ、緑の香草が爽やかさを添えていた。

「じゃあ、いただきます」

指先でクレープを一切れ掴《つか》み、ぱくりと頬張る。キルシュは固唾《かたず》を呑んで、それを見つめた。

もぐもぐ。

暗い色をしたメイドの瞳に、光が射した。

「うまっ」

言った途端に、メイヤの頬がかあっと紅潮する。給仕メイドは、思わず飛び出た素の言葉遣いを恥じるように、明後日《あさって》の方角を見て言い直した。

「……美味《おい》しいわ」

「いやなに照れてんですか」

「うっさいわね。でも、ほんとに美味しい。蒸留酒の香りが素敵だし、生地の具合もちょうどいいわ。柔らかくて、でも生っぽくないし」

メイヤはそのまま残りの二切れを平らげ、さらに追加のふた皿を注文した。こいつまさか一人で食べる気か、と思っていたら、ハンカチに包んで持って帰るという。ミリアガルデ第三王女と同僚に配るのだそうだ。

「殿下によろしくお伝えください」

「ええ。ま、ほどほどに頑張ってね。えっと、キルシュさんも」

「あ、はい！　ありがとうございました！」

立ち去る背中に、思い出したようにキルシュが頭を下げた。

メイヤが充分に遠ざかってから、サーシャは、ぼんやりと立ちすくむ彼女に声を掛ける。

「どうでした？」

「え？」

「初めて、誰かに『美味しい』って言われた気分は」

あ。キルシュは、ぽかんと口を開けた。今ようやく、そのことに思い至ったようだった。じわじわと頬に血が上り、目が左右に泳ぐ。

「で、でも、あれはサーシャさんのレシピで、あたしは言われたとおり作っただけで」

「そう。作ったのはキルシュさんです。あれはキルシュさんの料理ですよ」

どうですか。言葉を重ねて、問いかける。

キルシュは俯《うつむ》き、エプロンの裾を握ったり放したりしながら、ぼそぼそと答えた。

「う、嬉《うれ》しい、です」

「それだけですか？」

「……なんだか、お腹《なか》の辺りがふわふわします。足が、地面についてないみたいに」

「それだけですか？　メイヤはお世辞を言いませんよ。ガチの甘党ですし、普段主人の毒味もしますから、本当に舌が肥えてます。さあ、どうですか？」

「……や」

「や？」

「やったー！　って、言いたい気分、です……」

「言えばいいじゃないですか」

キルシュは桜色の唇を閉じて、自らの両手を見下ろす。手のひらを握り、開き、また握る。やったー。呟《つぶや》くような声に、サーシャは聞こえないふりをする。

キルシュは頬を染め、拳を強く握り、そして。

「やっ…………ったぁあぁぁぁあぁ！」

狭い屋台の裏側で、ぴょんぴょんと飛び跳ねた。

全身で喜びを表現するキルシュを横目で見て、サーシャはそっと微笑んだ。やはり彼女には素質がある。料理人にとって、一番大切な素質が。

「あたし、呼び込みしてきます！」

ひとしきり喜びを表現したキルシュは、そう告げるや否や、弾むように屋台を飛び出していく。

美味しいクレープはどうですか！　道行く人へ呼びかける声に、萎縮や恥じらいの気配はない。引っ込み思案な性分はどこへ飛んでいったのか。それだけ、自分の料理を誰かに振る舞いたくて仕方がないのだろう。

自分の料理を、誰かに食べてほしい。

美味しいと言わせたい。

そういうエゴこそが、料理人にとって最大の資質だ。キルシュにはそれがある。かつてサーシャがそうだったように。

――ねえ、美味しい？　%＊※の作ったオムライス、美味しい？

――ああ、世界で一番美味しいよ。%＊※。

だから。

だからキルシュ・ローウッドは、きっと良い料理人になるはずだ。サーシャ・レイクサイドが、隣で道を照らし続ける限り。

星集め

その日、仕込んできたカスタードクリームがなくなるまで、二人は屋台でクレープを売り続けた。

終わってみれば、「踊る月輪亭」の屋台は、順調な滑り出しをみせた。

朝起きたら、さくっと朝食を済ませて生地とカスタードを仕込む。日が高くなる前に屋台を曳《ひ》いて、昼前から市場が閉まるまでクレープを焼く。

砂糖をふんだんに使っているため、他の屋台よりも割高なのだけれど、その分味の評判はすこぶる良かった。

一方で、店舗はしばらく閉めることにした。きちんと準備が整うまでは、屋台で凌《しの》ぐ作戦だ。

市場は日が沈み始める前に閉まるので、撤収の時間を踏まえても、夜は時間がある。その時間を使って、看板料理の研究を進めた。

「やっぱり、羊の内臓を煮込んだブラウンシチューにしたいです」

というのが、当初から変わらないキルシュの希望だった。前歯で容易《たやす》く噛《か》み切《き》れるまでモツを煮込んで作るシチューは、彼女の母親の得意料理であり、元々「踊る月輪亭」の看板料理でもある。

かつての常連客を取り戻すという意味では、これ以上はない。

なにより、「踊る月輪亭」はキルシュの店だ。彼女の意向を尊重したいと思う。

ただ。

「当たり前ですけど、私はキルシュさんのお母さんのシチューを食べたことがないわけですよ」

朝食のバゲットを野菜スープに浸しながら、サーシャは一番の問題点を挙げた。

「というか、キルシュさんもあんまりよく覚えてないですよね」

「……それは、まあ、はい……」

そもそも味覚の記憶というやつは、基本、アテにならない。どうしても主観的になるし、仮に一人の人間が全く同じ物を食べたとしても、コンディションや年齢によって、感じる味は変化する。苦味などは良い例で、年齢を重ねるごとにどうしても鈍感になる。

「レシピがない以上、完璧な再現は難しいです。記憶を参考にしつつ、私たちなりの味を目指しましょう」

サーシャの言葉に、キルシュはこくりと頷《うなず》いた。けれど、その顔には不安の陰がちらついている。無理もない。彼女はまだ、料理人としてあまりに未熟だ。「私たちの味」なんてふわふわしたものを目指すと言われても、ピンと来るわけがない。

「──ま、とりあえず。いっぺん、作ってみましょうか」

「え?」

「ブラウンシチュー」

そう言って、サーシャは空の皿を手に立ち上がる。

その夜。

食材を揃えた二人は、キッチンに立っていた。

刻んだ香味野菜をじっくり炒《いた》め、下ごしらえをした羊の内臓をそこに混ぜる。味のベースになるのは、ルクルクだ。このトマトに似た細長い果実は、加熱することで強い旨味《うまみ》と酸味を生み出す。

「ルクルクを炒めるときは、きちんと水気が飛ぶまで待つんです。じっくりと、けして焦らずに」

「は、はい！」

「そうすれば、必ず美味しくなりますから。時間をかければ、必ず」

充分に火が通った頃合いを見て、葡萄《ぶどう》酒を注ぎ、さらにコトコト煮込んでいく。

「こんな感じでしょうか？」

「いいですね。次はルゥです」

別の鍋で、バターと小麦粉を焦がさないよう丹念に炒める。このペーストが、シチューにとろみとコクを与えてくれる。

『もっと弱火でお願いしますー』

『難しいなぁもう』

『蜂蜜にベリーも付けますから』

『おぅけぃ』

火精は基本的に強火調理のほうが得意だ。弱火をキープするのは疲れるらしい。

香ばしい匂いが立ち上がってきたら、そこにフォン――獣骨（牧羊の盛んな王都では、羊の骨が定番だ）と根菜類を煮出した出汁《だし》を注いで伸ばす。最後に、煮込んだ具材と混ぜ合わせれば完成だ。

「さ、食べてみてください」

頷いたキルシュが、艶やかな褐色をしたブラウンシチューを匙《さじ》で掬《すく》う。

一口、二口。

三分の一ほど食べた辺りで、手を止めて言った。

「その、美味しいと思います。あたしが作ったと思えないくらい。ただ……」

ちょっと口ごもる。

「すごく美味しいんですけど。でもなんていうか、」

「個性がない」

「それです。偉そうなこと言ってスミマセン……」

「いえ。私も全く同意見です」

サーシャは腕を組んだ。このブラウンシチューは、確かに美味しい。お金を貰《もら》えるレベルかもしれない。

けれど、他の店でも食べられる味だ。

起死回生を託せる看板料理にはなり得ない。

「お母さんのシチューは確か、もっと……」

「ふむふむ。ではルクルクの分量を――」

その後も何度か試作を重ねたが、多少味付けや野菜の分量を変えた程度では、大きな変化はなかった。

小鍋を前に、サーシャは腕を組む。

「味を良くするだけなら、アイディアがないわけじゃないんですが……」

あくまでこれは大衆食堂のメニューだ。サーシャが思いつく改良方法は、どうしても材料が希少だったり、シェフであるキルシュへの負荷が大き過ぎたりして、いまいち実現性に乏しい。

必要なのは、安くて美味しい、食べ飽きない味だ。技巧を尽くした究極の一皿ではなく。

それは、サーシャにとっても新しい挑戦だった。

「とりあえず、今日はこれ食べて。明日またリベンジしましょう」

「はい！」

二人は匙を手に取り、残ったシチューを美味しく平らげて眠りについた。


そして。

「……サーシャさん」

「はい」

「……もう無理です……」

からん、と空の皿に匙が落ちた。

「何がですか」

「……シチュー以外の食べ物が、食べたいです……」

「まだ連続十日目じゃないですか。いけるいける」

「いげないでずぅぅぅ、こんがり焦げ目のついた焼き魚とかガーガー鳥のローストとか、シャッキシャキの生野菜が食べたいですぅぅぅ」

「えぇー」

「お願いしまずぅぅぅ」

半泣きのキルシュが、サーシャの膝にすがりつく。

そういえば三日前くらいから、食事の間、キルシュは無言だった。目が死んでいたような気もする。

サーシャにとっては、いつものことだ。料理の研究は試行錯誤抜きには進まない。同じメニューを食べ続けることには慣れている。

とはいえ。

「仕方がないですねぇ……」

べそをかきながら、それでも残さずシチューを完食したキルシュを見ていると、さすがに同情心が湧いてきた。

「じゃあ、お昼は別のものを食べましょうか」

「ホントですか⁉」

「ええ」

ちょうどいい頃合いでもある。

サーシャは皿を流し台に置いて、振り返りざまに微笑《ほほえ》んだ。

「予定変更です。今日は屋台はお休みして、デートに行きましょう」

「――へっ？」

翠《みどり》の目が、満月みたいに丸くなる。


お昼前。

迷宮市場《メイズ・マーケット》の入り口で、サーシャは宣言した。

「というわけで、キルシュさんにはそろそろ野菜の目利きを覚えてもらいます」

「えっ」

フリルの付いたブラウスに明るい色のスカートを合わせ、髪に鉄アイロンを当ててふんわりさせたキルシュが、「えっ」という顔をした。

「野菜の目利き」

「ええ。素材選びは料理の基本ですから。お昼は買って食べましょう」

整えた髪のせいか普段より三割り増しでゆるふわ度が高い顔面に、徐々に理解の色が広がる。それと同時に、健康的な色の頬が赤く染まった。

「で、ですよね！　目利き！　ええ、すっごく大事ですよね分かります！」

「そうですね。ところでキルシュさんはどうしてそんなお洒落《しゃれ》を、」

「わああ！」

「あ、ちょっ」

真っ赤になったキルシュが、逃げるように市場へ向かって歩き出す。その背中を追いながら、サーシャは首を傾《かし》げた。

もしや表現が良くなかっただろうか。昔、女の子と二人で出掛けることを「デート」と呼んでいたものだから、つい。

この辺の言語感覚は、どうしても前世の記憶に引き摺《ず》られてしまう。

それにしても、丁寧にお洒落をしたキルシュは野に咲く花みたいに可愛《かわい》らしい。赤らんだ首筋と、弾む亜麻色の髪を見遣りながら、サーシャは緩む唇を手で覆う。


「ではキルシュさん、この山積みされたルクルクの実。どれを選ぶべきかお分かりですか？」

「こっちの大きいやつです！」

「外れ。それはカスです。ルクルクはヘタからお尻に向けて、白線が入っているものが上等です。というわけで、これくださいな」

「なるほど」

「次はこちらの、暖簾《のれん》のごとく吊《つ》られたミンスの根です。どれを選びますか？」

「えっと、左から二番目の、太くて形の良いやつです！」

「外れ。正解はこっちの、ヒゲが沢山生えているやつです。土が沢山ついているのも高得点」

「な、なるほど……！」

「では次はこっちの――」

そんな調子で、サーシャはキルシュに目利きのイロハを叩《たた》き込《こ》んだ。途中から籠《かご》を持ったご婦人たちが集まり始め、指導は講義の様相を呈した挙句、立ち去り際には拍手が沸き起こった。

迷宮市場には数多《あまた》の屋台が庇《ひさし》を連ねている。味も値段も玉石混淆《ぎょくせきこんこう》だ。炙《あぶ》った川魚と刻んだ野菜をパンに挟んで、臭み消しの香辛料を掛けたお手軽料理をふたつ買った。店も料理も、選んだのはキルシュだ。料理が好き過ぎて自炊ばかりしてきたサーシャは、この手の店に詳しくない。

屋台脇のベンチに並んで座り、薄紙に包まれたパンに齧《かじ》り付く。汁気たっぷりの野菜を零《こぼ》さないよう上を向くと、庇の合間から青い空が見えた。

「……美味《おい》しい」

サーシャの言葉に、キルシュがほっと息を吐いた。

「よかった」

「何がです？」

「や。気に入ってもらえるか、ちょっと不安で」

キルシュが頬を掻《か》く。

「五点！　とか言われちゃったら、どうしようかと」

「言いませんよ。私は鬼《トロル》ですか」

「鬼？」

「あー、お気になさらず」

昔の慣用表現が口をつくのも良くない癖だ。分かってはいるけれど、止められない。

唇の端についたソースを指で拭って、キルシュが言った。

「サーシャさんって、どこでお料理を習ったんですか？」

「王国料理に関して言えば、基礎や野菜の目利きは師匠から。あとは、まあ、レストランで修業って感じですね」

転生後、サーシャが料理を学んだ相手は三人いる。一人目は地元の村にいた魔女で、二人目が「山海楼」の料理長。三人目はベック総料理長だ。

「師匠？」

「ええ。魔女です」

「……料理の師匠ですよね？」

「料理の師匠ですよ。精霊語もその人に習いました」

キルシュは不思議そうな顔をしたものの、それ以上の質問はしてこなかった。はむりとパンに齧り付く。


仕入れと食事を終えて、そろそろ帰ろうとしたときのことだった。

「わっ」

大釜でポタージュを作る魔女の姿でも想像していたのか、ぼんやりしていたキルシュが、通行人とぶつかった。抱えた袋から生野菜が転がり落ちそうになって、慌てて手で押さえる。

「ご、ごめんなさい！」

「いえ、こちらこそ。ごめんあそばせ」

振り返ったのは、サーシャがよく知っている人物だった。金糸に彩られた略式のドレスから覗《のぞ》く肌が、午後の黄色い光を反射する。

どうして彼女がここに？　そう思いながら、サーシャは旧友の名前を呼んだ。

「アーシェじゃないですか。こんなとこで何してるんです？」

「サーシャ？」

アーシェリアの、どこか陶器人形じみた頬がぱあっと色づき、大輪の花に似た笑みが浮かぶ。

と思った途端、彼女はきゅっと唇を引き結んで、いかにも不機嫌そうな顔になった。中々の百面相だ。

はて。何か、彼女を怒らせるようなことをしただろうか。全く心当たりがない。

腰に手を当てたアーシェリアは、やはりどこか憤っているような態度で言った。

「わたくしは野菜の値動きの視察よ。そっちこそ、烙印《らくいん》持ちの料理人が市場に来て、なんのつもり？　包丁も握れないくせに」

「あの、なんか怒ってます？」

「怒ってないわよ！」

怒っている。

「ただ、気になっただけ。アンタが今、どうやって生計を立てているのか」

「はあ。まあ、実は就職しまして」

ぴくり。アーシェリアの眉が痙攣《けいれん》した。

「へ、へえ、そう。どこかのメイド？　皿洗い？　まあ、どうせ？　大した給金は貰《もら》ってないんでしょうけど？」

「住み込みなので、給金は家賃と食費ですね」

「……へえー、住み込み。ふうん。あっ、そう」

「こちらのキルシュさんのお家《うち》に二人で住んでます。皿洗いもしてますが」

薄氷色《アイスブルー》の瞳がくわっと見開き、激しく瞬きした。「ど、どどど同棲《どうせい》？」という単語が聞こえた気もするが、勘違いかもしれない。

ひとしきり瞼《まぶた》を動かしたアーシェリアは、ぎろりとキルシュを睨《ね》めつけた。怯《おび》える少女を品定めするように、頭の天辺《てっぺん》から爪先まで、何度も視線を往復させる。

そうしてキルシュの何かを推し測った後、彼女は再びサーシャに向き直った。白皙《はくせき》の頬が妙に赤い。

「……あの、ねえサーシャ？　そのう、わたくしの家でメイドをするなら、三食住むところに加えてお給金も、その、ポケットマネーだけど、あのね、」

「あ、ごめんなさい無理ですお断りします」

「サーちゃん⁉」

「ちょっと事情がありまして」

「事情ってなに⁉　わたくしに言えないことなの⁉」

「いや全然言えますけど」

ただ、ここではちょっと話しづらい。というか、普通に通行の邪魔だ。

そういうわけで、場所を変えることにした。

市場の中央には噴水がある。その縁に横並びで座り、サーシャはこれまでの経緯をアーシェリアに説明した。キルシュが今現在置かれている、抜き差しならない苦境についても。

「……なるほど」

話を聞き終えたアーシェリアは、顎に手を添えて、考え込むように言った。

「そういうことなら、いっそ屋台に集中して、収穫祭の『星』を狙うのがいいかもね」

「星？」

キルシュが頭上に疑問符を浮かべる。

サーシャは少し驚いた。キルシュは「星集め」を知らないのか。そういえば、物心ついて以来、ずっと郊外の寄宿舎に入っていたと言っていた。そのせいかもしれない。

「収穫祭の星集め。要は人気投票ですよ。収穫祭では、王都中のレストランが屋台を出します。祭りの参加者は一人ひとつ、一番美味しかったと思う屋台に、紙で作った星を投票するんです」

紙の星は自作してもいいが、市場の出入り口でも配布される。地元民も観光客も参加できる一大イベントだ。

サーシャの後を引き取るように、アーシェリアが続けた。

「もっとも星を集めた店のシェフには、王妃様からドライフラワーの花冠が手渡されるの。店の入り口に花冠を飾りつけるのは、店とシェフにとって最高の名誉よ。ちなみに去年の花冠店は『山海楼』、その前も『山海楼』ね」

アーシェリアが、豊かに膨らんだ胸をさりげなく反らす。キルシュが「ふわぁ」と感嘆の息を吐いた。目の前にいるのがその「山海楼」のオーナーだと知らない彼女は、「やっぱり『山海楼』はすごいなあ」とでも思っているのだろう。

サーシャは肩をすくめた。

「押しも押されもせぬ名店のくせに、毎年毎年大人気《おとなげ》なく全力ですからね」

「ふん、当然でしょ」

ちなみに、（当たり前ではあるが）宮廷厨房《ちゆうぼう》は不参加だ。収穫祭の日は、「神饌会《しんせん》」と呼ばれる宮中行事が催される。例年そちらの支度に追い回されて、祭りを楽しむどころではない。

「で、どうするの？　参加するの？」

「そうですねぇ……」

星集めへの参加は、作戦のひとつとしてサーシャの頭の中にあった。好成績を収めれば、格好の宣伝材料になる。花冠とまではいかなくても、ある程度の星を得られれば、『踊る月輪亭』を繁盛させる」という目標に大きく近づくことは間違いない。

ただし。

各店が集めた「星」は、中央広場にある大掲示板に貼り出される。当然、どの店がどれくらい星を集めているか、すべて衆目に晒《さら》されることになる。首尾よく星を集められたなら問題ないが、もしも一個も貰えなかったりしたら、「三流店」の烙印を押されたも同然だ。売上低迷は免れない。

レストラン側にとって星集めは、次の一年の売上を懸けた命懸けのイベントだ。どの店も本気で挑んでくる。

――それでも。

屋台の客足は徐々に伸びてきているが、このままでは、あの嫌味な高利貸を納得させるのは難しい。難癖をつけてくる可能性もある。目に見える成果は、欲しい。

不安げにこちらの顔色を窺《うかが》うキルシュに向けて、サーシャは、あえて強気に微笑《ほほえ》んだ。

「そりゃあ出ますよ。花冠を獲《と》れれば、その先一年は繁盛間違いなしです。あの高利貸も文句は言わないでしょう」

「えええええぇぇぇぇぇ⁉⁈⁉」

キルシュが叫び、サーシャの肩を掴《つか》んでがくがくと前後に揺さぶった。脳が揺れるからやめてほしい。

「ほ、本気ですか？　人気投票なんですよね⁉」

「ええ」

「あの、えと、もし、星が一個も貰えなければ……？」

「あっはっは」

そのときはすべてが終わる。

けれど、そんな事態にはならない。何故《なぜ》なら、「踊る月輪亭」には自分がいる。

「なーにぬるいこと言ってるんですか。勝てばいいんです、勝てば。サーシャ・レイクサイドのレシピに、敗北の二文字はありません」

「そりゃレシピには載ってないでしょうよ。ま、頑張りなさいな」

幾重にもフリルを重ねたスカートの裾を払って、アーシェリアが立ち上がった。彼女は二人に背中を向けて歩き出し、それから思い出したように振り返る。

薄氷色の瞳が、どこか硬質な光を帯びていた。若くして海千山千の場数を踏んできた、山海楼オーナーの眼光だ。うっかり気圧《けお》されそうになる。

「キルシュさん」

けれどアーシェリアが声を掛けたのは、サーシャではなかった。

「そいつは確かに腕利きだけど、頼り過ぎないほうがいいわよ」

「えっ？」

「良くも悪くも自分の料理が最優先。より良い環境があれば、躊躇《ためら》わずに古巣を捨てる奴《やつ》だってこと」

「アーシェ、それは、」

「何。違う？　違わないでしょ」

幼馴染《おさななじみ》の目の奥に、仄暗《ほのぐら》い熱を垣間見た気がして、サーシャは口を噤《つぐ》んだ。アーシェリアの言葉は正しい。「山海楼」の人間からすれば、サーシャは店を捨てた裏切り者だ。

「じゃあね。言っておくけど、花冠は今年も『山海楼』のものよ」

勝利宣言を残して、アーシェリアは行き交う人波に消えていった。キルシュが、「ふう」と詰めていた息を吐く。

「あの方、『山海楼』のファンなんですか？」

「……まあ、そんなところです。一番のファンなんですよ、昔から」

相棒の問いかけに応じながら、サーシャは奥歯の辺りに苦味を感じていた。何よりも自分の料理が最優先。そんなの当たり前だ。だって私は、料理人なんだから。


その晩。

「で、どうしましょうか」

野菜と豆のスープにパンを浸しながら、サーシャはそう切り出した。

「どうしますか、と言いますと……？」

「星集めです」

「あれ？　さっきは参加するつもりだって」

「『踊る月輪亭』はキルシュさんのお店ですから。勝手には決められないです」

つい参加が確定事項のように言ってしまったけれど、リスクがあるのは事実だ。そもそもこの店のオーナーはキルシュなのだから、サーシャが一人で決めることはできない。

「参加すべきとは思います。もちろん、前もって宣伝は必要ですが」

「えと、宣伝っていうと、クレープの販売を続けるってことですか？」

「それでもいいんですけど、星集めにはやっぱり、ブラウンシチューで挑みたいですよね。そうなると、お店のイメージが固定される前にメニューを切り替えておきたい」

クレープの印象が強くなり過ぎても良くない。甘味処《かんみどころ》を目指しているわけではないのだから。

「星集めに参加するなら、ここから先、屋台でもそれを意識したメニューを出していきたいです。とはいえブラウンシチューは未完成ですし、ちょっと考えどころですね」

沈黙が降りる。厚めに切り落としたベーコンをフォークの先で突《つつ》きながら、キルシュが俯《うつむ》いた。分かりやすく迷っている。

「やっぱり、不安ですか？」

「……はい」

ランタンの光に照らされて、翠《みどり》の瞳が左右に揺れていた。色濃い不安が、表情に滲《にじ》み出ている。

「だって、王都中のお店が出店するんですよね？　『山海楼』だけじゃなく」

「ええ、そうですね」

「……それじゃあ、あたしなんかが参加したって、」

こん。サーシャの匙《さじ》が、皿に触れて音を立てた。

「なんか、って、あんまり良い言葉じゃないですよ」

「はい……」

キルシュが背を丸めて小さくなる。サーシャは口を開いて、閉じた。こんなとき、なんと言って励ませばいいのだろう。一回と十六年の人生経験を経てもなお、誰かを支えようとすることは難しい。

スープの湯気が消えた頃、ようやくキルシュが顔を上げた。

「あの。もうちょっとだけ、考えてもいいですか？」

「……ええ」

サーシャは頭の中で暦を数えた。まだ期間はある。

頷《うなず》いたサーシャの姿を見て、キルシュははっきりと胸を撫《な》で下ろしていた。

（もしかして）

ふと、思い当たった。彼女が抱えた不安の理由について。

「あの、キルシュさん」

「はい？」

「ひょっとして、さっきアーシェが言っていたこと、気にしてます？」

「う」

ぴしりと顔が固まる。本当に分かりやすい。

手をもじもじと組んだり解いたりした後、覚悟を決めたようにキルシュは言った。

「サーシャさんって、別のお店で働いてたんですよね？　だから、その手の烙印《らくいん》がなくなったら、きっと元のお店に戻っちゃうんだろうなって」

「……残念ですけど、この魔術が解ける見込みはないですよ」

我ながらずるい答え方だ。肝心な部分をはぐらかしている。

サーシャは手の甲をそっと撫でた。緋色《ひいろ》に光る烙印は、今も静かに明滅を繰り返している。

この烙印がなければ、私は……。

「アーシェの言葉は本当です。私、昔、あの子と同じお店で働いていたんです。でも、別の厨房にスカウトされまして」

「あの、どうしてお店を移ったんですか？　やっぱり、その、お給料とか？」

「それは大事ですけど。賃金だけなら、むしろ元の店のほうがよかったです」

「あ、そうなんですか。じゃあ、どうして？」

それは。

「私、料理しかないんですよ」

目を伏せる。琥珀色《こはくいろ》に澄んだスープの表面に、ぼやけた自らの顔が映っていた。

口に出すと、改めて身に染みる。そうだ。サーシャ・レイクサイドには、料理しかない。生まれ変わっても、魔術で包丁を持てなくなっても、やっぱり、これしかなかった。

サーシャにとって「料理」は、お金を稼ぐための手段で、生きる目的で、誇りで、夢で、つまり全部だ。

全部、だから。

「だから、少しでもいい厨房で働きたかった。良い食材や、優秀なスタッフが集まる場所に居たかったんです」

「…………」

「あ」

顔を上げると、キルシュがますます不安そうな顔をしていた。しまった。今のサーシャの口ぶりでは、「前の店に戻りたい」と言っているも同然だ。

――いや、結局は。

結局は、そういうことでは、あるのだけど。

「ですが！」

「は、はい！」

「今の私は、『踊る月輪亭』の副料理長です。安心してください。星集めの前に、勝手にいなくなったりしませんから」

「……でも、」

「『でも』が多い」

「あぅ」

「信じてくださいよ。これでも私、今、結構楽しんでるんですから」

それも、嘘《うそ》じゃない。

サーシャは、キルシュが作ったスープを飲み干した。高い食材なんてひとつも使ってないけれど、ちゃんと美味《おい》しい。素直にそう思う。

最上の食材と最高の技術で作られる料理だけが、価値のある料理じゃない。安い食材を知恵と工夫で美味しくする。それも料理の神髄だ。

当たり前のことなのに、いつの間にか、忘れてしまっていた。

「だから、そんなに暗い顔、しないでください」

匙を置き、指を伸ばす。亜麻色の前髪を整え、額の真ん中を優しく人差し指で突く。

「ね？」

「んにゃ、ぁ」

キルシュが額を押さえた。健康的な色をした頬が、かあっと色味を帯びる。赤くなった少女は、桜色の下唇を少しだけ尖《とが》らせて、抗議するかのように言う。

「サーシャさん、十六歳だって言ってましたよね……」

「ええ、まあ」

「と、年下のくせにぃ」

「まあそこはちょっとしたインチキがあるんですけど」

「え？」

「お気になさらず」

大きな目をぱちぱちと瞬くキルシュを見ていると、どうしても唇が緩んでしまう。愛嬌《あいきょう》のある大型犬を見ているような気分に近い。

星集めに参加するにせよ、見送るにせよ。今はただ、彼女を支えていこう。そう思った。

ところで、王都では郵便網が整備されている。切手ないしそれに類するものがないので、ポストはない。配送物を受け付けする事務所まで行って、手紙と代金を支払うシステムだ。宛先《あてさき》が王都内であれば、繁忙期でもない限り翌々日までには相手の下へ届く。

その日。

朝の仕込みを終えたキルシュが、店の裏口にある郵便箱から、一枚の手紙を持ってきた。

同居を開始してから、手紙が届いたのは初めてだ。それも、きちんと蜜蝋《みつろう》で封されている。

蜜蝋には、家門を示す印鑑が押されていた。つまり、封筒の中身はオフィシャルな文書であるということだ。

「私、席を外しましょうか？」

「いえ、大丈夫です。お店宛てっぽいので」

キルシュがペーパーナイフで封筒の一辺を切り、中の手紙を取り出した。二つ折りの、簡素な紙だ。翠の瞳が記された文字をなぞっていく。

ややあって。

はらりと、キルシュの手から手紙が滑り落ちた。

「キルシュさん？」

「ど、ど」

ぎりぎりと油をさし忘れた蝶番《ちょうつがい》みたいな動きで、首がこちらを向く。

「どどど」

彼女の顔は、血の気が引いて真っ白になっていた。

「どうしましょう……？　お店、もう駄目かもしれません……！」

「――はい？」

レシピその3　ワイバーンの柔らかな胸肉とラビゴットソース

『拝啓　キルシュ・ローウッド様』から始まる手紙の差出人は、獣肉の仲買人だった。

仲買人といえば、王都のレストランにとって欠かすことのできないパートナーだ。繁盛店は、必ず腕利きの仲買人とタッグを組んでいる。というか、組まなければやっていけない。

何故《なぜ》か？　理由は明快だ。飲食店ギルドの取り決めにより、仲買人を通さず食肉を仕入れる行為は、厳格に禁止されているからだ。

このルールにはふたつの目的がある。ひとつは、専門家による肉の品質管理。もうひとつは、獣肉の一次生産者である狩人《かりうど》や牧畜家の利益保護だ。

取り決めがなされる以前は、立場の弱い狩人たちから安く買い叩《たた》こうと、肉の価値を不当に低く見積もる悪どいレストランが存在したらしい。

今は違う。

鹿やら猪《いのしし》やらを狩った狩人や、まるまると家畜を太らせた牧畜家は、専門の資格を持った仲買人の下へ肉を持ち込む。仲買人は肉のグレードを公正に評価し、適正価格で買い取る。そして、自身の利益を上乗せしてレストランや一般商店に卸す。この仕組みによって、肉の品質が保証され、市場価格も均一になる。

これを仲買人制度という。

買い叩きや不当な値付けをしている仲買人の噂《うわさ》はあっという間に広がるし、逆に、ちゃんと目利きができて良い仕入れルートを押さえている仲買人は王都中のレストランから引っ張りだこだ。

ちなみにこれは獣肉に限った文化で、野菜や魚はまた違う。野菜は前世でいう農協みたいな団体が存在するし、魚は漁業ギルドが主催する競り市で値段が決まる。迷宮市場《メイズ・マーケット》はガワも中身も複雑だ。

とにかく、肉料理を出すレストランにとって仲買人は、生き死にを共にするパートナーである。で。

「そんな仲買人の方から、三行半《みくだりはん》を突き付けられたと」

「みくだりはん?」

「お気になさらず。取引終了のお知らせが届いた、というわけですね」

「はい……」

「ヤバじゃないですか」

激烈にヤバな事態だった。

料理は素材が命だ。「踊る月輪亭」の数少ないストロングポイントは、扱う肉類の上質さに他ならない。

サーシャは床に落ちた手紙を拾って、さっと目を通した。文面は極めて簡素だ。『貴殿との取引を終了させて頂きます』というシンプルな一行が、丁寧な共通語で記されている。

「なんかしたんですか?　仕入れ代金をケチったとか」

「全く心当たりはないです……」

「ええー」

そんな馬鹿な。

「あ、でも」

キルシュが手紙の一点を指差した。そこには差出人の署名がある。『リタ・スノーマン』。女性名だ。

「仲買人さんの名前が変わってます。元々は、お爺《じい》さんでしたから」

「ほう？」

「苗字は同じですから、ご家族の方かもしれません」

「なるほど」

王都では、職能と家系が密接に結びついている。鍛冶屋《かじや》の長男は鍛冶屋を継ぐし、仲買人の子は仲買人を継ぐのが相場だ。身分制度とまではいかないから、強い意思と才覚があれば自由な職業選択ができるものの、大抵は親の財産と一緒に仕事も引き継ぐ。

代替わりをして、仲買業の運営方針が変わった。いかにもあり得そうな話だ。

とはいえ。

この国の商取引に関する法律は色々ザルだが、それでもいわゆる信義則はある。これが一方的で強引な通達であることは間違いない。

「抗議しましょう。いくらなんでも理不尽ですよ」

「そ、そうですよね！　理由も書いてないですし。きちんと話せば、分かってもらえますすよねっ」

そういうわけで、二人は身支度を整えた。向かう先は、仲買人が店を構える目抜き通りだ。

「ここがそのお店ですか。中々ご立派な」

「仲買業一筋で六代続く、名門だそうです」

「ほお」

キルシュに案内されたのは、貴族のお屋敷と見まごう大店舗だった。煉瓦《れんが》の壁に沿って花壇が据えられていて、色とりどりの花がすくすくと育っている。門扉に掲げられた馬鹿でかい牛刀の看板がなければ、ここが精肉問屋だと誰も気づかないだろう。

店構えにビビっていても始まらない。互いに視線を交わして頷《うなず》き合う。

「行きましょう」

「……はい！」

覚悟を決めたサーシャが、金属のドアノッカーに手を伸ばした、そのときだった。

ガラガラガラ。

背後で、荷馬車の止まる音がした。

「はーいどいてどいてどいて。ちょっとごめんね」

「え、ちょ」

サーシャたちの間に割り込んできた男は、金属製の胸当てや肘当てを身に着けていた。腰には、長短二振りの剣を佩《は》いている。

一目で分かった。冒険者だ。剣と魔法と、血と暴力の世界の住人たち。

どうやら三人組らしく、幌《ほろ》を被《かぶ》った荷馬車の御者席には、ローブを羽織った男と、巨大な弓を背負った少女がいた。

ふと、サーシャの鼻が異臭を捉えた。

幌に覆われた荷台から漂う、これは――血の匂いだ。

「たのもう！」

籠手《こて》に守られた大きな手が、ガンガンとドアノッカーを打ち鳴らした。大きな音に怯《おび》えたキルシュが、さっとサーシャの背後に回る。

「ちょっと、なにビビってんですか」

「だってぇ……」

「そりゃ冒険者くらい来ますよ。ここ、仲買人の店なんですから」

獣肉の仕入元は、なにも狩人や牧畜家に限らない。竜族や大猪をはじめ、人や農作物に害を与える獣を狩る冒険者たちは、多種多様なジビエを市場へ流す一次生産者でもある。

大方、あの荷馬車に載った獣の死体を売《う》り捌《さば》きに来たのだろう。

今更割り込まれたことを抗議するわけにもいかず、そのまま待つこと暫《しば》し。

やがて、重厚な漆塗りの扉が開いた。

「やあどうも。冒険者の方々」

現れたのは、やはり女性だった。

正直、サーシャはかなり驚いていた。現れた女性がどう見ても二十歳《はたち》そこそこで、おそろしく色素の薄い肌と線の細い体つきをしていたからだ。長い髪を尻尾《しっぽ》のように結んだ凛々《りり》しい顔立ちがもたらす印象は、ひと言で言えば、「貴公子」だろうか。肉問屋の主人、と聞いて思い浮かべるイメージからは程遠い。

彼女はサーシャたちを一瞥し、すぐに興味を失ったように視線を逸《そ》らした。

赤みを帯びた瞳が、荷馬車を見つめる。すん。形の良い鼻が、僅かに動いた。

「オオハイイログマだね」

「え？」

かつかつかつ。

彼女は金髪の剣士の脇を抜けて、荷馬車の後ろに立った。ばさりと幌を捲《まく》り上げる。露《あら》わになった荷台には、丁寧に解体された生肉と葉に包まれた肝、鋼のような色をした毛皮が積まれていた。

「やっぱりね」

怜悧《れいり》な面差しが、興奮に赤らむ。

「ふんふん。未婚のメスで、歳《とし》は三歳かそこら。仕留めたのは四日前かな？　合ってる？　そう。うん、ここから四日なら、仕留めたのは西の大山脈の麓だろう。あの辺りにはダンジョンが幾つかあったな。大方帰り道でばったり出くわした、というところか。ほら、ここを見なよ。この美しい脂の網目模様を。この時期、山の獣はたっぷり木の実を食べるから、綺麗《きれい》なサシが入るんだね。ああ、内臓は食べてしまった？　そうか、仕方ない。でもこの網脂を剥いだのは素晴らしいな。粗忽《そこつ》者が多い冒険者のわりには、狩りというものを理解している」

立板に水とばかりにまくしたて、貴公子のような女性はうっとりと生肉を撫《な》でさする。

「ああ——とても、良い肉だ」

そこでようやく彼女は、あっけに取られている剣士に向き直り、ピースサインのように立てた二本指を開いた手のひらに当てた。

「銀貨二十五枚。特別に毛皮も引き取ろうか」

「に、二十五枚？」

「ご不満でも？」

剣士の男が、戸惑い気味に魔術師の男と視線を交わした。

「い、いやあ。アンタの目利きが確かなのは知り合いから聞いてるよ。ただささ、あんまり査定が早いもんだから」

「早いに越したことはないよ。何事もね。悪いけど、貯蔵庫まで運んでおいて。入り口に番がいるから、彼の案内に従ってくれたらいい。金も彼から受け取ってくれ」

裏手が貯蔵庫になっているらしい。冒険者たちは顔を見合わせ、荷馬の轡《くつわ》を取った。

「さて」

令嬢が、残った二人へと向き直る。

「お待たせしたね。スノーマン商会へようこそ」

高価そうなブラウスの胸元で、ペンダントが揺れた。

牛刀を模したペンダントは、食肉仲買人の身分証明書でもある。

彼女は片腕を曲げて、手の甲を腰につけた。

「私が七代目当主のリタ・スノーマンだ。さて、お嬢さん方。本日のご用件は？」

門扉の中は、ちょっとした事務所になっていた。来客用のソファに腰掛けたサーシャたちの向かいで、リタがポットの紅茶をカップに注ぐ。室内に、柑橘《かんきつ》系の良い香りが広がった。

「先日、祖父が引退してね。父は公職に就いているし、問屋仕事にも興味がないってことで、私に七代目のお鉢が回ってきたんだよ」

ティーカップを持ったサーシャの目の前を、薄水色の翅《はね》を持つ氷精が、すうっと通り過ぎていく。

見れば、そこかしこに氷精が浮いていた。おかげでかなり肌寒い。

「快適な室温とはいえないけれど、そこは勘弁してくれ。ここは冷蔵の貯蔵庫を併設しているから、どうしても、ね」

細長いリタの人差し指に、氷精が翅を下ろした。よく懐いている。

「さっきの目利き」

「うん？」

「お見事でした。畜産されている牛や羊だけでなく、ジビエにも目が利く仲買は珍しい」

「おや、それはどうも。まあ、私の場合は目というより鼻かな。昔から人一倍、血の匂いに敏感でね」

「それだけ聞くとやべー人ですね……吸血種みたいで……」

「ふふふ」

「意味深に笑わないでください」

「いやもちろん冗談だよ、冗談」

赤みを帯びた切れ長の目が、スッと細められた。低い室温が、さらに冷えたような錯覚を抱く。

「さて。改めて、用件を聞こうか」

緊張に手を震わせながら、キルシュが手紙を取り出した。

「こ、この手紙の件ですっ」

「ああ」

リタはさっと流し読んでから、まじまじとキルシュの顔を眺めた。初対面の相手に見つめられて居心地が悪いのか、キルシュは頬を赤らめて下を向く。

「そうか。気づかなかった。君は、『踊る月輪亭』のオーナーシェフか」

「その、はい。キルシュ・ローウッドです」

「ふぅん。それで？」

「と、取引、続けてほしくて！」

「どうして？」

「ど」

どうして？　予想外の言葉に、キルシュがもごもごと口《くち》ごもる。

いやいや。どうしてもなにもあるか。

黙ってしまった相方に代わり、サーシャが口を開く。

「なにを仰《おつしや》いますか。どうして、はこちらの台詞《せりふ》です。いきなり取引停止とは、一方的に過ぎやしませんかねぇ！　契約はどうなってんですか契約は！」

「交わしている契約書に取引期間の定めはないし、契約解除は一方の意思表示で可能とあるよ」

リタが、整頓された書架から四隅が黄ばんだ紙を取り出してきた。『アリア・ローウッド』と署名がある。

手書きの条項を確認し、リタの発言がハッタリではないことを確かめてから、サーシャは手のひらで目を覆った。

「……この辺、商取引の常識が違い過ぎるんですよね……」

「ん？」

「分かりました。契約違反でないことは認めます。ですが、信義則はあるでしょう。仲買業者としての評判を失いますよ」

「まさか。閉店間際の個人食堂と取引を切ったところで、うちの看板には傷ひとつ入らないよ」

まあ、それはそう。

「せ、せめて理由くらいは教えていただきたいんですけど」

「そんな取り決めはないね」

「ぐぅ」

「サーシャさん⁉」

「いや私、料理人であって、この国の法律とか詳しくないですし……別に口が上手《うま》いわけでもないですし……」

「そ、そんなあっさり」

「話は終わりかな？」

もごもご反論の言葉を探す二人に向けて、仲買人が優雅に微笑《ほほえ》んだ。目元だけが、酷薄なほど冷たい。

「君の店に卸していたカリン羊の行き先は、もう目途がついてるんだ。そういうわけで、他に話がないならお引き取り頂けるかな」


ぽいぽいと事務所を追い出された。キルシュが、悄然《しょうぜん》と肩を落とす。

「なんか、取り付く島もないって感じでしたね……」

「……ええ」

キルシュの言うとおりだ。

街路を歩きながら、サーシャはそっと顎を撫でた。

「正直、予想外でした。取引を切ると脅して、値上げの交渉をしてくるつもりかと」

「ああ、なるほど」

「ですが、アレはそういう感じじゃないですね」

交渉の余地なし、という雰囲気だった。

考えられることは幾つかある。よほど高値で肉を買い取る卸先が見つかったか、仕入れに問題が起きたか。あるいは理屈ではなく、感情の問題か……。

サーシャは首を振った。推測したところで意味はない。

それより今は、やらなくてはいけないことがある。

「とにかく。急いで、他の仕入れ先を見つけないといけません」

「やっぱり、そうなっちゃいますよね……」

キルシュの顔に影が差した。

気持ちは分かる。ツテのない無名のレストランが新しい仲買人を見つけるのは、実はかなり難しい。

レストランが上質な獣肉を仕入れられるかどうかは、仲買人の腕とコネクションに掛かっている。けれど仲買人の全員が全員、良心的な商いをしているわけではない。というか大抵の仲買人は、良質な肉が手に入ったら、真っ先に名のあるレストランに卸すものだ。大口の取引先を優先したほうが実入りは安定するし、今後の取引拡大に繋《つな》がる可能性だって出てくる。

以前のスノーマン商会のように、小規模な店に上質な肉を卸してくれる仲買人のほうが稀《まれ》なのだ。

「実際問題。客観的に考えたら、ウチとの取引なんて切ったほうが商会にはプラスでしょうしね」

「はぅ」

「ただ、それだけではない気がするんですが……」

損得だけの話なら、単価を吊り上《つ》《あ》げるなり仕入れ量を調整するなり、もう少し交渉の余地を残しそうなものだ。どこかの店が、よほど好条件での取引を申し入れたのだろうか？　あれだけの目利きができるなら、絶対にあり得ないとは言わないけれど。

やはりなにか、商売っ気だけではない、他の理由があるように思える。

やがて道の先に、迷宮市場に並ぶ屋台の、カラフルな屋根や庇《ひさし》が見えてきた。

思考を切り替えよう。まずは、安くて質の良い羊肉を扱う肉屋を探さなくては。それが、ゼロから腕利きの仲買人に辿り着《たど》《つ》く唯一の道筋だ。

†

「仲買人を紹介してほしい？　それは駄目だよ。企業秘密だもの」

氷精が入った硝子《ガラス》のショーケース越しに、茶髪の青年がぶんぶんと首を振る。

「それもあなた、一級品の肉ばっかり選んで、その仕入れ先を教えろって言われてもさあ。いや無理無理。それ教えたら、こっちも商売上がったりだって」

「ですよねー」

「ていうか、どうせならうちから買ってほしいんだけど……」

「割高なので……」

「そりゃ、僕の食い扶持分は貰《もら》わないと」

「ごもっとも」

これが現実だ。

この街では、コネがなければ良い仲買人に辿り着くことさえ難しい。仲買人にもギルドがあるので、調べれば名前と住所を知ることはできる。けれど、それだけだ。商品の質や値付けの塩梅《あんばい》、何より卸先からの評判は分からない。

良い仲買人は人気だから、大抵の場合、仕入れ量に見合う卸先は決まっている。だから、誰もが良い仲買人のことを秘密にしたがる。取引先が増えれば、自分の店に卸してもらえる量が減るかもしれないからだ。

「こういうとき、口コミサイトかSNSがあれば良かったんですがね」

ぼやきながら、サーシャはこめかみの辺りを掻《か》いた。我ながら、無いものねだりにも程がある。

「えすえぬえす？」

「お気になさらず。ところでご主人、スノーマン商会ってご存じです？」

「スノーマンさん？　ああ、最近代替わりしたとこだっけ」

「ええ。実は突然、取引を打ち切られてしまいまして。噂《うわさ》でもなんでも、何かご存じなら、と」

サーシャの言葉に、肉屋の青年は同情するような表情を浮かべた。

「似たような話、聞いたことあるなあ。うちは取引ないけど、知り合いの肉屋がやっぱり取引を切られたって」

「ほう？」

「突然手紙が届いて、大変だったみたいだよ。急いで別の仕入れ先を探したりして」

「それではさぞかし、界隈《かいわい》での評判が落ちたのでは？」

「うーん、それがそうとも言い切れなくて」

「と言いますと」

「取引を続けている店からは、評判が良くなったんだ。肉の質が良くなったって」

「――ほほう？」


「スノーマン商会ね。あそこはダメダメ！　最近代替わりしてから、良い評判聞かないよ。それより見てよ、この肩ロース！　昨日狩ったばかりの大猪《おおいのしし》だよ。安くしとくよ」

「スノーマンさん？　あー、あの娘さんは遣り手だね。大した目利きだよ。ところでどうだい、このフィレ！　柔らかくなってきて、ステーキに最高だよ。一枚どう？」

「うちも取引切られちゃってさあ、参ってんのよ。なんとか別の仲買人から仕入れてるけどね。あ、おすすめはこっちの挽《ひ》き肉《にく》ね」

「あそこは元々質が良かったけど、娘さんの代になってもっと良くなったよ。この辺の赤身肉はスノーマンの仕入れだね。そろそろ食べ頃だよ」

迷宮市場の肉屋を巡りつつ、スノーマン商会の評判を聞いてみた結果が、これだ。どこも仲買人の情報は教えてくれなかったけれど、スノーマン商会については饒舌《じょうぜつ》だった。

内容は――

「毀誉褒貶《きよほうへん》相半ば、ってやつですね……」

新店主をこき下ろす意見もあれば、絶賛する声もある。

キルシュが、亜麻色の髪を指先に巻きつけた。

「当たり前かもですけど、取引を止められたお店は怒ってましたね」

「ええ。逆に、それ以外からの評判は上々でした」

取引を続けている店と、強引に打ち切られた店。何か違いがあるのだろうか？

「何となく、なんですけど」

押し黙ったサーシャの隣で、ふとキルシュが呟《つぶや》いた。

「リタさんって、ちょっとサーシャさんと似てますよね」

「は？　なんですか急に」

どこがだ。容姿の程度はともかく、方向性は明らかに違う。サーシャと違ってリタは背も高いし、顔立ちもどちらかといえば凛々《りり》しい感じだ。舞台にでも立てば、男性客より女性客から歓声を浴びそうなくらいに。

「いいえ、見た目じゃなくて。そのぅ、横顔が真剣っていうか」

「はい？」

「や。いえ、何ていうかその、いい加減な仕事をする方には見えなくて……サーシャさんと同じで」

「それは、まあ」

分からなくもない。

リタの、硬く研ぎ澄まされた横顔を思い出す。耳に入ってくる評判からして、彼女の腕は本物だ。獣肉の目利きは一朝一夕で身につく技術ではない。だからこそ、自らの仕事に誇りを持っているはず。

そういう意味では、確かに自分と似ているのかもしれない。

……ちょっと待った。

だとすれば。

もしサーシャが仲買人側の立場だったとして。突然取引を停止する理由は何がある？　儲《もう》けのため？　販路を整理するため？　気に食わない取引相手への嫌がらせ？

いや、違う。もし、私が彼女なら。

そう考えた途端、脳裏に閃《ひらめ》くものがあった。

「もしかして」

サーシャは踵《きびす》を返した。突然の方向転換に面食らったキルシュが、慌てて横に並ぶ。

「なにか分かったんですか？」

「ええ、まあ」

最後に訪れた店舗の前で、足を止める。ショーケースの向かいで、塊肉を捌《さば》いていた老人が振り返った。

「おや、また来たのかい」

「店主さん、ちょっと質問です。その捌いているお肉、今、何日目ですか？」

「二十二日目だけど」

「ありがとうございます」

ぺこりと頭を下げて、サーシャは店を後にした。そのまま、迷宮市場を逆走して同じ質問を繰り返す。

「十八日目だよ」

「ええと、仕入れたばかりだから、三日だね」

「二十六日」

最後の店は、キルシュと同じく、リタから取引を止められた店だった。

「そのお肉、何日目ですか」

牛刀を握る手を止めて、髭面《ひげづら》の店主が濁声《だみごえ》で答える。

「あぁ？　何の話だい。鮮度なら問題ないよ。綺麗《きれい》なモンだろ？」

「……なるほど」

サーシャは胸の中でもう一度繰り返した。なるほど。

そういうことか、リタ・スノーマン。この仮説が合っているなら、確かに彼女は私と似ている。

だからこそ腹立しい。

これはおそらく、同族嫌悪なのだろうけど——めんどくさい女！


翌日。

サーシャたちは、再びリタの店を訪れた。顔を見せた瞬間に追い返されることも覚悟していたけれど、漆塗りの扉を開けて現れた彼女は、昨日と変わらず飄々《ひょうひょう》とした態度だった。

「また君たち？　昨日、取引は止めると言ったばかりだと思うけど」

「二十一日」

サーシャの言葉に、リタが怪訝《けげん》そうに柳眉を寄せた。

「二十一日？」

「カリン羊なら二十一日です。ロック大猪なら二十五日。ペグー豚は十四日で、ガーガー鳥は七日」

「サ、サーシャさん？」

突然の言葉に、キルシュがサーシャの袖を引く。けれどサーシャは止まらない。

「ライン牛は二十二日。子牛なら十五日。ミズクス海鳩《うみばと》、十二日。アミラ高地豚は三十四日。ただし、低地で育てられた場合に限り四十日。まだ続けますか？」

貴公子然とした涼しげな口元を引き結んで、リタは両目を閉じた。一房垂れた髪を耳に掛けて、諦めたように口を開く。

唇の端が、かすかに吊り上がっていた。

「正解。そう、それがルールだ」

今回紅茶には、お茶菓子が付いてきた。綺麗に焼き色の付いたクッキーは、好感度の証明と捉えて問題ないだろう。

「そうか、迷宮市場を見てきたんだね。よく気づいたものだ」

昨日よりも幾分上機嫌そうに、リタが紅茶を口に運ぶ。ピンと小指が立っていた。

「肉には、熟成が必要なんですよ」

サーシャは種明かしをすることにした。もちろんリタではなく、キルシュのために。

「仕留めたばかりの獣肉は、死後硬直によって硬いんです。そこから日を置くことで、少しずつ肉質が柔らかくなります」

「それが、さっきの？」

「ええ。近郊の牧場でと畜された食肉は、すぐに氷精によって冷凍保存されて、そのまま王都内に運び込まれます。冷凍状態だと熟成も遅くなるので、今挙げたくらいの日数がかかるんです」

食肉は、一般に冷凍状態で卸される。その時点では熟成が浅いので、レストランや肉屋は、自分の冷凍庫内で「食べ頃」を待つ必要がある。充分に熟成が完了してから解凍し、店で出すのだ。

「だから、仕入れた肉の日数管理は精肉店の必須業務。これができない肉屋は二流です」

「そう。だから、取引を止めた」

チン。リタが、手にしたソーサーにカップを置いた。

「私は商人だ。売り渡したものをどう扱おうが、それは買い手の勝手。口出しする資格はない。けれど、」

赤みを帯びた瞳が、剣呑《けんのん》な光を放つ。

「取引が成立する前なら話は別だ。買い手が問屋を選ぶ権利があるように、売り手だって卸先を選ぶ権利がある」

「……だから、肉の管理が杜撰《ずさん》な商店との取引を切った、と」

「そうだよ。そして、それだけじゃない」

リタが、ひたとキルシュの顔を見つめた。

「つまらない料理を出すレストランとも、手を切ることにした」

明け透けな言葉に、キルシュが身を縮めた。コットン生地のスカートに、きゅっと皺《しわ》が寄る。

「元々決めていたことなんだ。やみくもな事業の拡大には興味がなくてね」

仲買人が立ち上がり、窓際へ移動した。華奢《きゃしゃ》な肩に氷精が一翅《はね》、ふわりと舞い降りる。

「価値が分かる人にだけ、正しく価値があるものを売りたい。君たちもそう思ったことはない？」

「——ありますよ」

サーシャの脳裏に、かつて辺境伯に飛び蹴りをかました記憶が蘇《よみがえ》る。そうだ。確かに、商人も料理人も、客を選ぶ権利がある。

料理を床に捨てるような輩《やから》は、少なくとも、サーシャ・レイクサイドの客ではない。

……その結論に至るところが、確かにリタとサーシャが同類項である証《あかし》だった。

「私が扱う商品は、命そのものだ。いい加減な管理で肉を腐らせるような商店や、雑な調理で済ませるようなレストランには売りたくない」

くるりと振り返る。氷でできた針のような視線が、キルシュを貫く。

口元だけで微笑《ほほえ》んだまま、リタが言った。

「例えば『踊る月輪亭』のような、ね」

「……っ、」

俯《うつむ》いたまま、キルシュは絞り出すように言った。

「……お店に、来て頂いたことが、あるんですね」

「うん。こうやってね」

リタはポールハンガーに手を伸ばし、羽根飾りのついた帽子を被《かぶ》った。後頭部で括《くく》った髪を、器用に帽子の中に収める。

背の高さも相まって、ぱっと見は凛々しい美青年のようだ。

「あ……」

「思い出してくれたみたいだね」

「……はい」

「名だたる名店しか認めない、なんて言うつもりはないよ。ただ、扱う素材と、客に求める対価に見合う技術というものはある。少なくとも、私はそう思う」

キルシュのスカートの皺が深くなる。

相棒の色褪《あ》せた手の甲に、サーシャはそっと手のひらを重ねた。

リタの言葉は、おそらく正しい。だってキルシュは、仮にもプロなのだ。家庭料理とは訳が違う。料理人としての矜持《きょうじ》があるなら、客が「美味《おい》しい」と思える一皿を出さなくてはいけない。代価を受け取るとはそういうことで、それは、「山海楼」のフルコースでも、「踊る月輪亭」のブラウンシチューでも変わらない。

「あのシチューは駄目だよ」

判決を下す裁判官のように、リタが告げた。容赦のない声だった。

「ちょっと待ってくだ、」「仰《おつしや》るとおりです」

サーシャの反論を封じるように、キルシュが顔を上げた。膝の上で固く拳を握りしめて、強い眼差しで前を見ている。

その姿を見て、サーシャは言葉を呑《の》み込んだ。

「あたしのシチューは、確かに美味しくなかったです。認めます。リタさんが卸してくれた羊に見合う料理じゃ、ありませんでした」

リタは、意外そうにキルシュを見返した。

「……それで？」

「でも、今は違います」

眩《まぶ》しい光が、翠《みどり》の双眸《そうぼう》に宿っていた。勢いに気圧《けお》されたように、仲買人は再び席につく。

「サーシャさんが、来てくれました。サーシャさんは、すごい人です。今はちょっと事情があって、自分で料理は作れないんですけど。でも、何でも知ってて、本当は、どんな一皿だって作れるはずの人なんです」

紅茶を一気に飲み干して、言葉を続ける。

「『踊る月輪亭』は、お母さんから継いだお店です。お母さんが大事にしていたお店だから、そう思って、やみくもに頑張ってきました。でも、今は違う。違うんです」

「……何が違うのかな？」

「サーシャさんの、力になりたいんです。この人の両手の代わりになって、一緒に料理を作っていけたら、きっと、あたしも変われるって思うんです」

熱の籠もった言葉が、サーシャの鼓膜を震わせる。鼓動の高まりを自覚した。頬が熱い。きっと、いや間違いなく、耳まで赤くなっている。

膝に置いた手をひっくり返して、キルシュがサーシャの手を握った。

「ささやかでも、誰かを幸せにできるような。そんな人に、なれると思うんです」

深々と下げた頭から、亜麻色の髪が滑り落ちた。

「だから、だからお願いします。取引を、続けさせてください。あたし、きっと、なってみせますから。本物の、料理人に」

しばしの沈黙の後、仲買人がそっと口を開きかけた、そのときだった。

硬質なドアノッカーの音が、室内に響いた。

「……失礼」

リタが席を立って、出入り口へ向かう。ドアの向こうの来客者と、何か話し始めたようだ。

キルシュは大きく息を吐き出して、くたりと脱力した。

その視線が、ようやく自身の右手に落ちる。

「ぴゃ」

「どっから出したんですか、その声」

「ご、ごごご、ごめんなさい！」

「いやまあ別にいいですけどね、手ぐらい……」

もう一方の手で頬を扇ぎながら、サーシャはそっと視線を外して、出入り口を見た。開いた隙間から、来客の姿が覗《のぞ》いている。金髪の冒険者。

あの人は、昨日の。

「これは少し、参ったな」

仲買人が、困惑したように言った。

サーシャたちは目を見合わせて、席を立つ。


扉を出れば、リタが困惑していた理由は一目で分かった。

冒険者たちは、昨日と同じように荷馬車を曳《ひ》いていた。けれど、昨日とは明らかに獲物の大きさが違う。

何しろ荷台から、でろんと長い尻尾《しっぽ》がはみ出している。

キルシュが、丸い瞳をさらに丸くした。

「な、なんですか、あれ。おっきな蛇？」

「ワイバーンだよ」

リタの言葉に、サーシャも驚いて目を見張った。ワイバーン。巨大な翼と、鉤爪《かぎづめ》のある前足を持つ竜種。解体される前の姿を見るのは初めてだ。

「いやね。近場の丘陵地帯で、十頭規模の群れが見つかったんだよ」

金髪の剣士が、疑問を先回りするように言った。

「それで冒険者ギルドに討伐依頼が来たんだ。こいつらは村の家畜を襲うからね。知ってる？　馬鹿でっかい鉤爪で、牛一頭を丸ごと巣に持っていっちまったりするんだよ。おっかないでしょ」

「う、牛をですか」

その姿を想像したのか、キルシュがごくりと息を呑《の》んだ。二人で、幌《ほろ》の隙間からそっとワイバーンの死体を覗《のぞ》き込む。

「ほう」

「ひぁ」

分厚い皮膜が張った両翼に、鋭い牙の並ぶ顎。青白い舌。巨大で真っ黒な鉤爪は、それだけで大人の手のひらほどもあった。金髪の剣士が言うように、牛一頭でも鷲掴《わしづか》みにできそうだ。

「まあウチは優秀な弓使いがいるからね。どうにかこうにか、首尾よく狩ったはいいんだけど」

金髪の青年が、背後を振り返る。一抱えもあるような大弓を背負った少女が、小さくピースサインをしていた。

「やー、あいつは元狩人《かりうど》でね。討伐終わってからずっと、『ワイバーンの肉は食べられるから、仲買人に売るべき』の一点張りでさ。あ、いや金が欲しいわけじゃないよ多分いや嘘《うそ》。俺らみんな金は欲しいんだけど、それはそれとしてほら、狩人の信念？　みたいなさ。あるじゃんそういうの」

弓手の少女が、ぼそぼそと呟くように言った。

「……食べられる生き物を狩ったなら、きちんと頂くべき。皮も骨も肉も、無駄にしては駄目」

「って話」

饒舌《じょうぜつ》な剣士が後を引き取る。やたらと対照的なふたりだ。

リタが、悩ましげに細い顎へ指を当てた。

「うん。彼女の言うとおり、ワイバーンの大部分は可食なのだがね」

「何かあるんですか？」

キルシュの問いかけに、仲買人は険しい顔で答えた。

「ぶっちゃけ不味《まず》い」

「あー……」

「毒素で腹を壊すから、生食はできない。とはいえ、熱を通すと硬くなって歯が通らない。長時間煮込み続ければ柔らかくなるけれど、おそろしく手間がかかる――とまあ、中々に厄介な肉質でね」

「でも、食べられる」

弓を背負った少女が、ずいと前に出た。

「なら、命を無駄にしては駄目」

「耳が痛いな」

仲買人が側頭部を指で掻《か》く。

「うん、君の言うとおりだ。ウチに持ち込まれた以上、引き取れるなら引き取りたい。ジビエを扱う仲買人は多くないしね。だけど、正直買い手がな……見たところ、狩ってから三日は経《た》っているね？　ギルドの規定上、無料で卸すわけにもいかないし、倉庫にも限りが」

「そこをなんとか」

「……むう」

黙り込んだリタに向けて、サーシャが手を上げた。

「味が問題なら」

全員の視線が、サーシャに向く。

「『美味しくない』ことが問題なら、それは料理人の仕事です。美味しく食べる方法が、しかるべきレシピがあるなら売れるはず」

片手を腰に当て、もう一方の親指で荷台を指差す。

「そのワイバーン、私に——いえ。私たちに、任せてもらえませんか」

†

一抱えはある塊肉をまな板に載せて、キルシュは牛刀を手に取った。初めて見るワイバーンの肉は脂身が極端に少なく、薄い桃色をしている。

純白のシェフ・コートに着替えたサーシャが、肉の表面を指差した。

「竜種の肉は、どちらかというと鳥肉に近いです。筋肉量が並外れているので、サシの類《たぐい》はほとんどありません。また極めて運動量が多く、厚い鱗《うろこ》が保温の役目を果たすので、皮下脂肪もほぼなし。とってもヘルシーですね」

「確かに、ガーガー鳥のお肉に似てますね」

「ワイバーンの可食部位は幾つかありますが、もっとも量が多いのはこの胸肉です。胸筋、と言ってもいいでしょう」

当たり前だが、リタの店にはキッチンがない。

リタと、ついで冒険者たちを引き連れてやってきたのは、「踊る月輪亭」だ。四人は今、食卓で料理の完成を待っている。

それにしても、とサーシャは先ほど目にした光景を振り返る。

あの後リタは、身の丈ほどもある肉切り包丁を持ち出して、いとも容易《たやす》くワイバーンを解体してのけた。鱗で守られた巨体を、バターでも切るかのように。ワイバーンの鱗は、高級防具の素材に使われるくらいなのに。

解体の手際も、仲買人の資質だ。素人《しろうと》だと、捌《さば》くときに肉を損なったり、臭気を放つ内臓を破いたりする。

ずば抜けた目利きと、卓越した技術。確かな知識と、揺るがない矜持。

仲買人は、肉料理を扱う料理人にとって、唯一無二のパートナーだ。

手を組むなら、ああいう人がいい。そう思う。

「特筆すべき点はふたつ。ひとつは火を通したときの硬さです。高温に晒《さら》すと、歯が通らないレベルで肉が硬くなります。もうひとつは、味が淡泊で風味に欠けること」

「味は、サーシャさんがいれば何とかなりそうですけど……」

問題は、肉の硬さだ。硬い肉を好む層は少なからず存在するが、そういうタイプは大抵、淡泊な味を好まない。

肉質を柔らかくするだけなら、手段は幾つかある。酵素を使ってタンパク質を分解するシャリアピンステーキもそうだし、低温の油で煮込む「コンフィ」と呼ばれる調理法も効果的だ。

しかし、この肉質なら――

「大丈夫。手はあります」

そう言ってサーシャは、指を真《ま》っ直《す》ぐに伸ばした。

『どうぞこちらに』

指先に、水精が止まる。普段は、洗い場で水を作ってくれている子だ。

「始めましょう。まずは鍋にお湯を沸かしてください」

「えっと、煮る料理ですか?」

「煮る……とは、ちょっと違いますね」

水を張った片手鍋の水面に、サーシャは水精ごと指先を挿し入れた。

「これは、温める料理です」

†

「お待たせしました」

「……随分かかったね」

「ちょうど夕食時でいいじゃないですか」

サーシャは、手にした皿をリタの前に置いた。

赤みを帯びた目が、出来立ての料理を見下ろす。皿に盛りつけられているのは、スライスされた白身の肉だ。つるりとした光沢のある表面に、賽《さい》の目《め》に刻んだ野菜をベースにしたソースが掛かっている。

「ワイバーンの胸肉とラビゴットソースです。どうぞ、ごゆるりとお召し上がりください」

サーシャの言葉に、リタが二股のフォークを手に取った。先端で肉を突《つつ》き、裏返す。

「どうやら、きちんと火は通っているようだね」

「もちろん」

「いいだろう。頂くよ」

色素の薄い唇が、はむりとスライスされた肉を食《は》んだ。キルシュが、手を胸の前でぎゅっと握る。

雰囲気に当てられたのか、冒険者の三人まで一緒になって固唾《かたず》を呑《の》んでいる。

リタの切れ長の目が、驚きに見開かれた。

「……柔らかい」

サーシャの唇の端が、微《かす》かに持ち上がる。そう。その反応を期待していた。

「すごい。なんだこれ。柔らかいぞ、これ」

リタの声に、三人の冒険者たちが生唾を飲んだ。各々がフォークを手に取り、目の前の皿へ向き合う。すぐに、歓声が上がった。

「うおっ、ほんとだ！　うまっ！」「へえ、なるほど」「……美味《おい》しい。柔らかい」

彼らの反応を横目で見遣ったリタが、そっと自身の顎を撫《な》でた。視線は、じっと手元の肉に向けられている。子供が見たら泣き出しそうなくらいに鋭い目つきだ。

「茹《ゆ》でたように見える、が」

赤い瞳が、サーシャを見据えた。

「違うね。普通に茹でたらこうはならない。肉汁がお湯に抜け出て、もっとパサつくはずだ」

「ええ、そのとおり」

「……それだけ？」

「他に何か？」

不満げな態度を隠しもせず、リタは再びスライスを口に運んだ。白い喉が上下する。

艶やかな唇から、ため息が漏れた。

「――参った！　これは確かに美味しいよ。正直、ワイバーンの胸肉とは思えない」

背もたれに身を預けて、仲買人は降参するかのように両手を上げた。

「どう調理したらこうなるのかな。専門家としては悔しいけれど、是非、種明かしをお願いしたい」

サーシャは頷《うなず》いて、短詩を歌うように精霊語を発声した。飛沫《しぶき》を上げて厨房《ちゅうぼう》から飛んできた水精が、白銀の髪の上に翅《はね》を下ろす。

「長い間、食材を調理する方法は三つしかないと思われていました。焼く、煮る、蒸す、の三つです。ですがあるとき、一人の料理人が、『第四の調理法』を発明しました」

サーシャは手のひらを広げ、親指を折った。四本指。

「低温で『温める』調理。これを真空調理法、あるいは低温調理法と言います」

「真空？」

「胸肉をケージング——小腸ですね。竜種は腸も大きくて丈夫です——に入れて、植物性の油と調味料を流し込み、空気を抜いて口を閉じるんです。だから真空調理法」

「ふむふむ」

「そのうえで、最適な温度に保たれた湯の中に入れて温めます」

「うん、それで？」

「以上」

「以上⁉」

「ええ。とっても簡単……なようで、これが中々難しい。自分で言うのもなんですが、非常に高度な調理法です。何故《なぜ》か分かりますか？」

サーシャの問いかけに、リタは瞑目《めいもく》した。形の良い眉を寄せて、考え込む。

ややあってから、彼女は目を開いた。

「高温過ぎると、肉が凝固し硬くなる。低温では、毒素が抜けない」

「Très bien《トレビアン》（素晴らしい）！　そのとおりです、リタさん」

まさに低温調理の肝がそこにある。毒素――つまり有毒な雑菌を除去しつつ、しかし加熱によるタンパク質の凝固は起こさない。そのギリギリの温度を保ったお湯で、中心に熱が通るまで温める。そうすることで、安全で、しかも柔らかな肉になる。

「でも」

リタが、フォークでスライスされた肉を指した。

「まだ納得できない。どうやって水温を一定に保ったんだい？」

「測ったに決まってんじゃないですか」

「……どうやって？」

「指で」

「指で!?」

「この店に高温域用の温度計があれば良かったんですけどね」

この世界において、料理に温度計を使う概念はない。温度計自体は存在しているが、普通、レストランには置いていない。

なければ感覚で測るしかない。

熟練した料理人の指先は、精密な計量器であり、小回りの利く温度計でもある。たとえ鍋や包丁を持てなくても、サーシャの指先はそれ自体が調理器具だ。

それと、もうひとつ。

「水精に、適正な温度――毒を殺し、肉質を保つギリギリの水温を記憶してもらいました。ずっと鍋に指を入れとくわけにはいかないですからね」

「精霊に温度を記憶させる。そんなことが？」

「できますよ。後は精霊同士、火精と水精に温度管理をしてもらえばいいんです」

「……なるほど」

リタは、最後の一切れをたっぷりとソースに絡めて、ゆっくりと咀嚼《そしゃく》した。

「――うん」

ひとつ頷いて、布ナプキンで口元を拭く。

「肉の質にばかり目がいっていたけれど。ソースも素晴らしい。風味のいいセリシャに、辛味を取り除いたアカネギ。刻んだ香草も爽やかで、お酢の酸味と美しく調和している。オイリーなのに、まったく舌に残らない」

「それはもちろん。私のソースは――」

いや、違う。

サーシャは一歩後ろに下がって、猫背気味の「シェフ」の背中を押した。

「私たちのソースは、いつだって完璧ですから」

サーシャのシェフが、顔を真っ赤に染め上げて、ぱくぱくと口を開閉した。

「というわけで、この料理のレシピはリタさんに差し上げます」

サーシャの言葉に、リタは「何言ってんだコイツ」という顔をした。

「低温調理法の肝は正しい温度です。そこさえ間違えなければ、精霊使《せいれいし》を雇っているレストランなら再現できるでしょう。水温計を用意してもらう必要はありますが」

「待て待て待て」

「ついでにソースのレシピもどうぞ」

「いやいやいやいや」

仲買人が、頭痛を堪《こら》えるように額へと手を当てた。

「正気かい!? これだけ画期的な調理法だよ？ 言っておくけど、私も商売人だからね。遠慮なく取引先に教えるぞ？」

「どうぞどうぞ」

このレシピを伝えれば、ワイバーンの肉は売《う》り捌《さば》けるだろう。この先冒険者たちが、群れをすべて狩り尽くしたとしても。

もちろん、タダで譲るわけじゃない。あくまでこれは取引だ。

「代わりに『踊る月輪亭』との取引継続と、あとひとつ」

サーシャは人差し指を立てた。

「収穫祭の日に、最高のカリン羊を一頭」

「……本当に、それでいいの？」

リタの問いかけに、一瞬だけ迷う。けれど、すぐに首を縦に振った。

レシピは料理人の生命線。ソースの秘密は門外不出。

それでも今は、もっと大事にしたいことがある。

キルシュが口にした言葉の残響が、サーシャの耳の奥にこだました。

――サーシャさんは、すごい人です。

シェフ・コートの胸に手を当てて、サーシャは、精々不敵に見えるよう笑った。

「私、どうやらすごい人らしいので。レシピのひとつやふたつ、くれてやりますよ」

キルシュの指先が、「賛成」と言うかのように、シェフ・コートの裾を引いた。綻んでしまいそうな口元を引き締めて、サーシャはリタを見つめる。

仲買人は端整な瞳を閉じ、大きく息を吐き出した。

「――分かった」

切れ長の目元が、雪解けのように緩む。そうしていると、十代の学生のようにも見えた。

「分かったよ。認める。認めるとも。君たちは、良い料理人になるよ」

リタが立ち上がって、手を差し出した。握手。

サーシャも手を伸ばして、色白な手のひらを握り返した。予想よりもずっと強い力で握られて、彼女が馬鹿でかい牛刀を振り回していたことを思い出す。

リタが、くすりと微笑んだ。柔らかな笑顔だった。

「だからこれからも是非、『スノーマン商会』をご贔屓《ひいき》に」

†

皆が帰った後、キルシュはへろへろと椅子に座り込んだ。

「き、緊張したぁ……」

「お疲れ様です。肉もソースも、いい出来でしたよ」

「サーシャさんの指示どおりに作っただけですけど……」

「意外とできないんですよ、それ」

ワイバーンの胸肉に添えたラビゴットソースは、賽の目に刻んだ生野菜にワインビネガーや食用油、果汁などを加えて作る、「元気が出る」という意味のソースだ。

特別な技法が必要なわけではないけれど、野菜の食感を保つには丁寧な包丁捌きが必要になる。

彼女がこれまで積み重ねてきたものが、きちんと発揮された一皿だった。

「私たちも、食事にしましょうか」

チーズと切ったルクルクをパンに載せて、火精式のオーブンで焼き直す。キッチンに、ふわりと香ばしい小麦の匂いが広がった。間にワイバーンのスライスを挟んで、ぱくりと頬張る。

「ふぉいひいですっ」

「それはなにより」

ホットサンドを口に入れたキルシュが、目を輝かせた。味の濃いカリン羊のチーズと、淡泊なワイバーン肉の相性は抜群だ。残った食材で作る賄い飯は、古今東西変わらない料理人の特権である。

「ちょっと遅くなっちゃいましたね」

洗い物を済ませた後、二人で窓の外を見上げた。すっかり闇に染まった夜空には、白く冴《さ》え冴《ざ》えとしたふたつの月と、一番星が浮いている。

「サーシャさん、お風呂《ふろ》入りますよね？」

「あー。でも私、一度風呂に浸《つ》かると中々出てこれない部族の出なので。今日はやめときます。キルシュさんどうぞ」

「えっ、駄目ですよ。ちゃんと身体《からだ》を温めてください。あたしは後でいいので」

「いやいや。深夜になっちゃいますって」

「でも」

「いやいや」

押し問答の末、「じゃあ」とキルシュがリビングの壁を見つめながら言った。

「――もう、一緒に入っちゃいますか？」

どうしてこうなったのだろう。

サーシャは、湯船に沈んで息を吐き出した。ぽこぽこと、水面に泡が浮かんでは弾《はじ》ける。

どうしてもなにも、決まっている。サーシャが同意したからだ。別にいっか、とか思って頷いたからだ。

まあ疲れているし。

明日も早いし。

女同士だし。

「お湯加減、どうですかー？」

「……ちょうどいいです」

湿気を防ぐための薄いカーテンの向こうから、衣擦《きぬず》れの音がする。光精式の照明に照らされて、白く透けた布地の上に、影絵みたくキルシュの姿が映し出されていた。

「えへへ、なんか懐かしいです、こういうの。寄宿舎の頃に戻ったみたい」

「そういえば、そんなこと仰《おつしや》ってましたね」

「はい！　母が仕事で忙しかったので、ずっと女子寮で暮らしてたんです。共同生活なので、お風呂も共用で」

「なるほど」

一緒に、なんて言い出したのはそのせいか。

「昼間は読み書き計算とか、王国史とか、お裁縫なんかを習ったり。お料理の基礎もそこで。本当に、基礎だけですけど」

しゃあ。カーテンを引く音がして、慌ててサーシャは身体の向きを変えた。背後から、ぺたぺたとタイル床を歩く足音がする。

キルシュが、洗い場の椅子へ腰掛けた。植物から作られた束子《たわし》で石鹸《せっけん》を泡立てて、亜麻色の髪を洗い始める。

どうしても、視界の端に肌色がちらつく。豊かに膨らんだ胸部と、それとは対照的に引き締まったくびれ。腰から伸びる太腿《ふともも》は健康的で、ふくらはぎから足首に続く曲線に至っては、なんだか芸術を感じさせるものさえあった。

サーシャは、透明なお湯の水面越しに自分の身体を見下ろした。今ひとつ伸び切らない上背と、すっきりした平坦《へいたん》な身体つき。

別に気にしてはないけれど。ああでも、背丈があれば力が強そうでそこは羨ましい。料理には意外と腕力が必要だ。

ぼんやりとキルシュの裸を見ていると、泡の隙間から翠《みどり》の目が覗《のぞ》いた。ばちりと視線が合う。

「……あぅ」

頬を上気させたキルシュが、胸の膨らみを隠すように身体をよじった。

「ちょっと今更恥ずかしがらないでくださいよこっちまで照れるじゃないですか」

「だってぇ」

「慣れてるんですよね？」

「寮のルームメイトは、どちらかというと妹みたいな感じだったので……ちょっとサーシャさんとは違うっていうか……」

「おばか。提案する前に気づいてください、そういうことは」

「サーシャさんは、なんだか平気そうですね」

「まあ、スパと銭湯とか、結構好きでしたし」

「スパ？　公衆浴場ですか？」

「そんな感じです。お気になさらず」

「はあ」

桶《おけ》のお湯で髪と身体を流して、キルシュが立ち上がった。

正しい振る舞いに迷いながら、サーシャはつるりとした膝《ひざ》を抱きかかえた。空いたスペースに、キルシュが足を下ろす。そのまま彼女は、湯船の底に腰を下ろした。

そして、熱に浮かされたように言う。

「サーシャさんって、肌、綺麗《きれい》ですよね……」

「はい？」

「髪もつやつやですし、スレンダーだし、全体的に線が細い感じで」

「え、あ、はい」

容姿の良さについては自覚しているものの、改めて真正面から言われると、その。なんだ。ちょっとだけ照れくさい。

「睫《まつ》毛《げ》も長くて。あたしより背が低くて、歳下《としした》で。なのに何でも知ってて、すごく頼りになって」

キルシュは、烙印《らくいん》の刻まれたサーシャの手を取って、包み込むように握った。毎日のように包丁を握っている彼女の指先は、少しだけ硬い。

「今でも思うんです。あの日、サーシャさんがお店にやってきて、あたしを助けてくれたのは、きっと、奇跡みたいなものだったって」

「……大袈裟《おおげさ》過ぎます。あんなの、ただの偶然ですよ」

「そうかもしれませんけど、あたしにとっては、やっぱり、奇跡なんです」

あんまりにも真《ま》っ直《す》ぐな視線が眩《まぶ》しくて、サーシャは俯《うつむ》く。

そんな大層なことじゃない。あのときは、ただ。

ただ、今にも自分の居場所を喪《うしな》おうとしている彼女の姿が、過去の記憶と重なっただけだ。だから黙っていられなかった。それだけ。

かつて遠い場所で聞いた声が、耳の奥で残響する。


――すまない、%＊※。お前が正しかった。


手を、強く握られた。

「あたし、サーシャさんみたいになりたいんです」

今もなお、じくじくと疼《うず》く痛みを上書くように、手のひらから熱が伝わってくる。いつの間にか、のぼせてしまったのだろうか。やけに頬が熱い気がした。剥《む》き出《だ》しの足が触れて、くすぐったい。

「……キルシュさんは、今のままでも、充分魅力的だと思いますけど」

「えっ。あ、や、そうじゃなくて――その、りょ、料理人として！　です！」

神妙な顔つきで、キルシュは真っ直ぐサーシャを見つめた。

「さっきリタさんに言ったこと、嘘《うそ》じゃないです」

指先に力が籠もる。

「サーシャさん。あたし、本物の料理人になれますか」

ささやかでも、誰かを幸せにできる人になりたい。彼女はそう言っていた。

「踊る月輪亭」の看板に刻まれていた言葉を思い出す。彼女の母が刻んだであろう願い。料理人なら、きっと誰しもが一度は手にする祈り。

――ささやかな幸福を、あなたに。

「あたし一人じゃ、多分無理です。でも、サーシャさんがいてくれたら、きっと、なれると思うんです」

眩しく輝く、光精のランタンを目の前にしたときのように、サーシャは琥珀色《こはくいろ》の瞳を細めた。

今、この目に映るキルシュ・ローウッドは、心底力強い。雪を割って芽生える早春の山菜のように。初めて出会った頃の彼女とは、比べ物にならないくらいに。

「なれますよ」

一〇〇パーセントの確信を持って、サーシャは答えた。

「なれます。私が保証します。キルシュさんなら、きっと」

「……へぅ」

「泣かない泣かない」

「だっでぇ……」

両腕を伸ばして、そのまま抱きついてきそうな勢いだったので、サーシャは逃げるように立ち上がった。ばしゃりと水飛沫《みずしぶき》が舞う。

「先に出ます。どうぞごゆっくり」

「あ、あたしも出ます！」

タオルで身体を拭きながら、サーシャはちらりと相方の姿を見た。

今、キルシュは本当の意味で、料理人になろうとしている。

亡き母の思い出を守るためだけではなく、他でもない、自分自身のために。


夜着を纏《まと》って、廊下に出る。

硝子《ガラス》張りの窓から、夜空が見えた。二人で並んで、一際強く輝く一番星を見上げる。優しい初秋の夜風が、火照《ほて》った頬を撫《な》でていく。

ややあって、キルシュが言った。

「——あたし、参加します。星集め」

その横顔を見て、サーシャは少しだけ口元を緩め、それから頷《うなず》いた。

キルシュが、夜空に向けて手を伸ばす。

今なら。

二人なら、どんな星でも掴《つか》める気がした。

レシピその4　毒ありテールをじっくり煮込んだ具沢山スープ

給仕メイドの主な仕事は、当たり前だが食事の配膳だ。

国王陛下を筆頭に、王位継承権に名を連ねるような面々は、ほぼ毎日誰かしらと会食をしている。それは一種の外交であり、功績を挙げた部下への慰労であり、真っ黒な腹を探り合う謀略の場でもある。

例外が朝食だ。朝食だけは、どの王族も自室で食べる。そこに侍《はべ》るのは、たった一人の給仕のみ。四六時中、常に掣肘《せいちゅう》される王族にとって、唯一と言っていい自由時間だ。だからどの王族も、もっとも信頼が置けて、かつ見目が良くて優秀な、お気に入りの侍従を朝の給仕係に定める。侍従やメイドにとっては最高の名誉だ。

メイヤ・ノースヴィレッジも、そんな名誉を与えられたうちの一人だった。

「あら。美味《おい》しいですね、これ」

スコーンを口に運んでさくりと齧《かじ》る。

給仕係は毒味役も兼ねる。そういうわけでメイヤは、ざっくざくに焼けた甘い根菜入りスコーンのご相伴に与《あずか》っていた。役得だが、仕事なので仕方がない。さすがに同卓はせず、背後に立ったままではあるが。

「ねえメイヤ。こっちの腸詰め、全部食べていいわ」

「好き嫌いはよくありませんよ」

「ブラッドソーセージ、苦手なの。この世から消えてほしいくらいだわ」

メイヤの主君が、ぷくりと頬を膨らませた。ミリアガルデ第三王女。世にも名高き、王都の雛菊《ひなぎく》。

まだ十四歳にもかかわらず、将来は歴史に残る美姫《びき》になるだろうと噂《うわさ》される、メイヤの主君だ。

王女はまだ薄い胸を反らして、すみれ色の大きな目で給仕メイドを見上げた。

「ベック料理長のレシピって、ちょっと古典的過ぎると思わない？　確かに美味しいけれど、わたしはサーシャお姉様のレシピのほうが好みだわ。斬新で洗練されてるのに、ヘンに気取っていないの」

丹念に磨かれた銀のフォークで、甘く煮付けた赤カブを突《つつ》く。色素の薄い唇から、憂鬱そうな吐息が溢《こぼ》れた。

「ねえメイヤ。わたし、お姉様が作ったふわふわのスフレパンケーキを食べたいのだけど」

「無理です我慢なさってください」

「うう。メイドが塩い……」

サーシャが追放されて以降、メイヤは王女からこの手の愚痴をさんざん聞かされてきた。だから受け答えも素っ気がない。

つれない対応を許す程度にはミリアガルデはメイヤを気に入っているし、そのことをメイヤ自身も自覚している。

「私は塩ではありませんが」

「お姉様が言っていたの。メイヤは対応が冷たくて『塩い』って」

「初めて聞く表現ですね」

「サーシャお姉様って、ときどき不思議な言い回しをするのよね」

「本人曰《いわ》く、群島地方にある片田舎《かたいなか》の生まれだそうですから」

「あんまり島育ちって感じはしないのにねえ。色白だし、生命力低そうだし」

くあ。口元を押さえて、ミリアガルデが控えめな欠伸《あくび》をした。

「それで、何か分かったの？」

メイヤは雑な仕草で陶製のポットから紅茶を注ぎ、ひと息に飲み干した。

「今のところ、目立った動きは特に。ただ、」

「うん、ただ？」

「──件《くだん》の魔術師を雇ったのは、辺境伯ではないかもしれません」

ミリアガルデの細い眉が、ぴくりと動いた。

「どういうこと？」

「まだ何とも」

ここしばらく、メイヤはバーンウッド辺境伯の身辺調査を続けていた。その過程で判明したことだが、辺境伯はどうやら魔術を毛嫌いしているらしい。まあ、地方出身の武官にありがちな話ではある。

改めて考えてみる。宮廷を追放されたサーシャに、あえて烙印を施す理由はなにがあるだろう。魔術師を雇い入れてまで。

単純に考えれば、私怨だ。だからこそ、メイヤも辺境伯が犯人だと思っていた。けれど、もしも他に理由があるとすれば？

ミリアガルデが、こめかみに人差し指を当てた。

「……確実に、お姉様を宮廷厨房から遠ざけたかった？」

「かもしれません。理由は分かりませんが」

だが、異例の若さで副料理長に抜擢《ばってき》されたとはいえ、サーシャは一介の料理人だ。そこまでする必要性があるだろうか。恨み嫉《そね》みの類《たぐい》は、理屈で測れるものではないのかもしれないが……。

淡い色をしたミリアガルデの唇から、吐息が漏れた。まったく、どこの誰だか知らないが、迷惑なことをしてくれる。おかげでお姉様特製のスフレパンケーキが食べられないじゃないか。

「辺境伯の調査は続けて頂戴《ちょうだい》。ただ、もっと視点を高くしたほうがよさそうだわ。例の派閥の動きも調べてみて」

「畏《かしこ》まりました、姫殿下」

メイヤはロングスカートの端を摘《つま》み、丁寧に一礼した。

黒曜の瞳に、冷徹な光が宿る。

†

「星集め」は、屋台を出し合っての人気投票だ。

「屋台」という性質上、どのレストランも「これぞ」という一品で勝負をしてくる。

「踊る月輪亭」のメニューは決まっている。看板料理にするつもりで研究を続けてきた、カリン羊のブラウンシチューだ。

ただ、そのためには。

「屋台のメニューを変えましょう」

星集めへの参加を決意してから、数日後の朝。

サーシャは、クレープの仕込みを始めようとしたキルシュを呼び止めた。

「星集めに焦点を合わせるなら、そろそろ変えたほうがいいと思います」

「あっ、この前の話ですよね」

「ええ。本番で出すのがブラウンシチューですからね。それに近いメニューがいいです」

屋台の売れ行きが順調なので、「踊る月輪亭」の知名度は徐々に上がっている。

ただし、美味しいクレープを出す店として。

シチューで勝負を懸ける以上、店のイメージをそちらにシフトしていく必要がある。大袈裟《おおげさ》な言葉を使えば、ブランディングだ。

「えと。やっぱり、シチューを出すってことでしょうか」

「いえ、それは本番まで取っておきましょう。普段と同じものを出すのも戦略ですが、私たちみたいな弱小店が星を狙うなら、やっぱりインパクトが必要ですから」

「なるほど……」

「そこで」

サーシャは指を立てた。

シチューそのものではないけれど、それに近い、屋台でも楽しめる料理。

「スープはどうでしょう？」


件の冒険者三人組は、ワイバーンの討伐を続けると言っていた。となれば、スノーマン商店は大量にワイバーン肉の在庫を抱えることになる。

サーシャのレシピがある以上、胸肉やモモ肉は問題なく売り捌《さば》けるだろう。

ただ。

「おそらくテール肉だけは、売れ残っているはずです」

リタの商店への道すがら、サーシャはきっぱりと断言した。

「テールって、尻尾《しっぽ》ですよね。何で分かるんですか？」

「ワイバーンの尾の先端は、短剣のように尖《とが》っていて、しかも毒があります。尾に毒を溜《た》め込んでるんですよ。だから人気がない。ま、普通は捨てます」

「ど、毒……」

「で・す・が。リタさんなら、ちゃんと残してあるはずです」

サーシャの予想は的中した。

事務所を訪れて用向きを伝えると、美貌《びぼう》の仲買人は「テール？　もちろん取ってあるよ」と片目を瞑《つぶ》った。

「倉庫に行こうか。寒いから気をつけて」


スノーマン商会の倉庫は、事務所に併設されている。重厚な金属製の扉を開けると、ぶわっと冷気が噴き出してきた。

天井から吊《つ》るされた幾つもの塊肉と、その間を飛び交う薄水色をした氷精たち。

「ワイバーン・テールはこっち」

先導するリタの後に続く。キルシュが両手を口元に当てて、凍える指先を息で温めていた。

「これだ。今のところ三本だね。まだ増えるだろうけど」

「ええ、充分です」

綺麗《きれい》に鱗《うろこ》を剥《は》がされた長い尾肉が、天井から吊るされている。細くなっている先端部は、毒々しい紫色に染まっていた。さすがに刃の部分は切り落とされている。

「斤当たりは？」

「銀貨二枚」

サーシャはキルシュと視線を交わしてから、こくりと頷《うなず》いた。

「買います。カットして、一斤は持ち帰り。残りは荷馬車で届けてもらえますか」

「毎度あり。しかし君、良いところに目をつけるねぇ」

唇の端を吊り上げて、リタが微笑《ほほえ》む。

「この前のレシピ、とても好評だよ。キルシュくんの言うとおり、只者《ただもの》ではないようだ」

「……なにか言いたいことでも？」

「別に？　ただ、こういう仕事をしていると、それなりに色々な厨房のゴシップは耳に入ってくるものでね」

「…………はて、何のことだか」

半目で睨《ね》めつけると、リタはそっと肩をすくめた。二人のやり取りに、キルシュがちょこんと首を傾《かし》げる。幸い、その意図するところは伝わっていないらしい。

「前職」のことは、まだキルシュに伝えていない。何となく言いにくいのは、きっと、サーシャが宮廷厨房に未練を残しているからだ。そのことを考えると、両手の烙印《らくいん》がちくりと痛む。

倉庫を出て待っていると、やがてリタが油紙に包んだ塊肉を持ってきた。

「どうぞ。一斤分だよ」

一斤はおおよそ六〇〇グラム。テールには太い骨が通っているので、正味量はもっと少ない。ただ、試作には充分な分量だ。

紫色を帯びた肉を前に、キルシュがこわごわとサーシャの袖を引いた。

「これ、毒なんですよね？」

「ええ。生食したら死にますよ」

「ぴぃ」

サーシャの腕を抱きかかえる。

「な、なんでそんな食材を」

「古今東西、毒がある食材は美味《うま》いって相場が決まってるんですよ。フグとか」

「何ですかそれ」

「一匹で十人くらい死ぬ毒を持ってる全身トゲトゲの魚です」

「モンスターじゃないですか」

「美味《おい》しいんですよねえ」

卵巣のカルボナーラとか。

「もちろん、毒抜きの方法はあるよ」

向かいの席で、リタがくすくす微笑《わら》った。「じゃなきゃ売らない」

「そういうことです。さ、迷宮市場《メイズ・マーケット》に寄って帰りましょう」

麻の袋に塊肉を詰めて、サーシャは席を立つ。

†

「次のメニューにスープを選んだのには、幾つか理由があります」

「理由?」

「ええ」

迷宮市場の路地は、細く入り組んでいる。サーシャは根菜を売る屋台の前で足を止め、軒先にぶら下がるミンスの根を見上げた。

「キルシュさん。五本ばかり選んでみてくださいな」

「はい! えっと、黒い土が付いていて、葉の色が鮮やかな……これとかどうでしょう?」

「はい正解。それで、スープを選んだ理由ですが」

「あ、はい」

「シチュー作りに応用できるからです。スープとシチューの違いはなんですか?」

「えっと。とろみがあるかないか……?」

「はずれ。正解は、『ぶっちゃけ大して違わない』です」

「ずるくないですか!?」

「もちろん差異はあります。一般にシチューのほうが汁気が少ないですし、味のベースとなる出汁《だし》の作り方も違います」

スープ用の出汁を「ブイヨン」と呼び、ソースやシチューの出汁を「フォン」と呼ぶ。このふたつは調理の工程や使う野菜の分量に差異がある。

ただ、この大陸においてはそこまで厳密な線引きはない。なんとなくトロッとしていて食べ応えがあるものがシチューで、そうでなければスープ、といった具合だ。

五本のミンスを選び終えたキルシュが、店主に銅貨を渡した。

「シチューもスープも、味の決め手は肉と野菜の出汁です。フォンは、大腿骨《だいたいこつ》のような骨髄を多く含む部位と、香味野菜、根菜類を一緒に煮込んで作るわけですが」

小道を奥へ奥へと進みながら、サーシャは講義を続けた。

「そこでワイバーン・テールです。毒こそありますが、肉、骨ともに旨味《うまみ》成分が豊富で、非常にいい出汁が取れるんです」

「でも、毒なんですよね？」

「リタさんも言っていましたが、毒抜きする方法があるんですよ。あまり知られていませんが、難しくはないです。お、セリシャだ。買いましょう」

茎の太い緑の香味野菜を三本購入し、さらに迷宮市場の奥へと歩みを進める。

「シチューの出汁は、スープのベースに流用できます。つまり、シチューの研究をしつつ、スープを売って宣伝しちゃおう、というわけです。一石二鳥」

「イッセキ……なんですか？」

「私の地元の言い回しです。石を一つ投げて二羽の鳥を落とす」

「なるほど、名人芸ですね」

迷宮市場にはあらゆるものが集まる。生鮮食品はもちろん、工芸品や衣服、土産《みやげ》の類から、怪しげな薬草、魔術にまつわる品々まで。

「後は単純に、これから気温が下がるからですね」

北のアトラス地方で編まれた外套《がいとう》をちらと眺めて、サーシャは言った。

「秋が深まって肌寒くなると、温かいものが恋しくなります。これからの季節に具沢山のスープはぴったりでしょう?」

「ですね!」

西の大海にほど近い王都は、季節風の影響を大きく受ける温帯湿潤気候。四季の変化が大きく、大陸側から海側へと風が吹き始めると、グンと寒くなる。

「そういえば、サーシャさんは暑いのと寒いの、どっちが好きですか?」

「何ですか急に」

ひととき考えて、サーシャは答えた。

「暑いのは苦手です。食材が腐りやすいですし」

「はー。どこまでいってもお料理なんですね」

感心したように、キルシュが頷いた。

どこまでも、か。

——すまない、%*※。お前が正しかった。

じくりと胸の奥が疼《うず》く。

サーシャ・レイクサイドには料理しかない。それは疑いようもない事実だ。今もそうだし、昔だって、そう。

†

夕方から、早速調理に取り掛かった。ルクルクを味のベースに据えたテールスープだ。赤く熟した旬のルクルクは旨味が強く、加熱することでさらに味が濃くなる。ワイバーンのテール肉は出汁が出るし、じっくり煮込めば肉自体も美味い。

肉の灰汁《あく》取りをするタイミングで、サーシャはキルシュに三枚の葉っぱを差し出した。乾燥した、白い産毛が生えた葉だ。

「これを鍋に入れて、ゆっくり三十秒数えたら取り出してください」

「さっき迷宮市場で買った葉っぱ、ですよね？　初めて見ました」

「ええ。シュバ、と呼ばれる低木の葉で、ワイバーンの毒を中和します」

ワイバーンは牛や豚といった家畜を食べるが、主食は野生の獣だ。シュバの木は、ワイバーンに狙われやすい猪《いのしし》や野豚と共生関係にある。葉の成分で毒を癒やす代わりに、土の栄養を奪う雑草を食べてもらったり、果実を食べてもらうことで、自身の種を新たな土地へ運ばせるのだ。

なお、毒を受けた傷口に直接貼り付けても効果がある。むしろ、その使い方のほうが一般的だ。

特にワイバーン討伐に挑む冒険者たちにとっては、必需品とも言える。

「それなら安心ですね」

話を聞いて安心したのか、キルシュが胸を撫《な》で下ろした。

「と言いたいところですが、そうでもないです」

「え？」

「シュバにも毒があるんですよ。ワイバーンの毒と比べたら微量ですが」

経口摂取より塗布が一般的な理由はここにある。不思議なもので、塗布だと無害なのだ。

「え、あの。それじゃあ駄目では」

「駄目じゃないです。三十秒数えたら、すぐに取り出してください。そこさえ守れば問題ありません。六十秒以上煮出すと、シュバの毒が染み出てきます」

「こわっ」

「とはいえ、健康な人間なら大した問題はないですよ。少し心臓がバクバクするくらいで」

用法容量を踏まえれば、強心薬としても作用するくらいだ。

葉を受け取ったキルシュが、葉脈を確かめるように表面を撫でる。

懐かしいな。サーシャはふと、この葉の使い方を教わったときのことを思い出した。教えてくれたのは、宮廷厨房《ちゅうぼう》のスープ担当、ボアジェだ。「山海楼」から宮廷厨房に転職した直後のことだった。

今思えば、娘みたいな年齢の同僚相手に、随分親切にしてくれたものだと思う。

「いーち、にー、さーん……」

キルシュが葉を鍋に放り込み、ひどく真剣な顔でカウントを始めた。

緊張が滲《にじ》む横顔を見ていると、どうしても頬が緩《ゆる》む。きっと私も、あんな顔で鍋を見つめていたのだろう。

完成したスープを口にしたキルシュは、目をキラキラさせて、「サーシャさんって本当にすごいですね」と言った。「おかわりしちゃっていいですか?」とも。

†

屋台の品をスープに変えてから、瞬く間に十日が経ち、二十日が過ぎた。

夜。キルシュはキッチンに立ち、真剣な目つきで片手鍋をかき混ぜていた。もうすっかりおなじみの光景だ。木ベラを回す手つきもよどみない。

『ストップです』

サーシャの合図で、火精が火を落とした。キルシュが、鍋の中身を皿によそう。

カリン羊の内臓を煮込んだ、ブラウンシチュー……の、試作品。

木の匙《さじ》を手にしたサーシャの一挙一動を、キルシュが緊張した面持ちで見守る。その両手は、ぎゅっと木ベラを握り締めている。

シチューの出来を鼻と舌でじっくり確かめた後、サーシャは判定を下した。

「七十二点」

キルシュが、ぱっと笑顔になった。

「最高点更新！　ですね！」

「ええ。確実に良くなってます。やっぱり、フォンのベースをワイバーン・テールに変えたのが正解でしたね」

繊細さからは離れたが、野趣のあるコクの強さが羊の内臓とよくマッチしている。シュバの葉は多少の雑味を生むが、代わりに毒だけでなく臭みも抜いてくれる。万人受けする味と言えるだろう。

ただ、その分調理は難しい。今のところはまだ、サーシャが付きっ切りで指示を飛ばす必要がある。

「この方向で改良を続けましょう。いけますよ、星集め」

お世辞抜きで告げると、キルシュがくすぐったそうに頬を掻《か》いてはにかんだ。

実際、彼女の成長は目覚ましい。サーシャのような特別な味覚や感性こそ持ち併せていないけれど、まじめで丁寧だし、手先も器用だ。

なにより、星集めに参加すると決めてから、料理に向き合う姿勢が変わった。それこそ、サーシャのほうが根負けするときもあるほどに。

それ自体は良い傾向だけれど、少し心配な面もある。例えば——

「わっ」「っと」

何もないところで転びかけたキルシュの胴に、腕を回す。人一人の体重は、どうあってもそれなりに重い。慌てて姿勢を整えたキルシュが、赤い顔を誤魔化すように笑った。

「あ、あはは。ありがとうございます」

よく見れば、ぱっちりとした目の下に薄い隈《くま》ができていた。

「後は、明日の仕込みだけして休みましょうか」

「あ、でも、ちょっと教えてもらいたいことが」

「駄目です。休むのも仕事のうちなんですから」

最近、どんどん忙しくなってきている。屋台が順調で、仕込みの量が増えたせいだ。

収穫祭は秋の盛りに行われる。この国の平均気温は、サーシャの「前世」で暮らしていた所よりもいくらか涼しい。肌寒さを覚え始める季節に、「温かいスープ」というチョイスは、やはり正解だった。

そのうち。

一体どこから噂《うわさ》を聞きつけたのか、余計な客が来たりもした。

「……スープをひとつ」

「あ、はいっ。銅貨二枚で――あっ」

その日、屋台の前に現れたのは、洒落者《しゃれもの》きどりの髪型をした二枚目風の優男だった。

ピカピカに磨かれた革靴の留め具も、仕立てのいい服のボタンも、趣味の悪い金色に光っている。

モンスターに出くわしたかのようなキルシュの反応に、青年はぴくりと片眉を持ち上げた。

「なんだよ。僕が客として来たら不満なのか？　ん？　まさか、客を差別するつもりかい？」

「い、いえ……」

萎縮したキルシュをかばうように、サーシャが前に出た。右手を突き出して、言う。

「銅貨二枚」

「おいおい、この店は債権者から金を取るのか」

「客だっつったのはアナタでしょうが。高利貸のガナードさん」

ちっ。露骨に舌打ちをして、ガナードは金刺繍《ししゅう》が施された小銭入れを取り出した。放られた銅貨を空中で受け取って、サーシャはキルシュに目配せをする。運営資金を借りているのは事実なので、無下に扱うこともできない。

木椀《もくわん》を受け取ったガナードは、怪訝《けげん》そうに鼻先をスープへと近づけた。高い鼻が、ヒクヒクと動く。

「フン。ちょっと評判になってるから来てみたら。ただのルクルクスープじゃないか。珍しくもない。知っているかい？　『天上美食苑《えん》』では渡り鳥の巣を煮込んだスープが出るんだ。これがえも言われぬ珍味でね。まあ、君たちみたいな貧乏人には一生縁がないだろうけど」

「海燕《うみつばめ》の巣のスープなんてあの店でいっちばん安いメニューじゃないですか。そんなことより、黙って食べたらどうです？」

むっつりと押し黙ったガナードが、木椀の縁に口をつけた。

サーシャが考案したのは、ワイバーン・テールのフォンにルクルクを煮溶かし、香辛料で味を調えた特製のルクルクスープだ。肉の旨味《うまみ》と、ルクルクの酸味。この組み合わせが嫌いな人間は王都に存在しない。

それゆえ、定番過ぎる組み合わせではあるが――

「な」

ガナードの、鳶色《とびいろ》の目が見開いた。

「な、なんだこれは！　初めて食べる味だ。お、おかしいだろ。肉入りのルクルクスープなんてド定番なのに！」

「ちょっと珍しい出汁《だし》を使ってますからね。あとは香辛料の組み合わせで」

「なんだと？　くそっ。まさか君、また僕の知らない食材を使って、」

「そのちょいちょい食通ぶるの、格好悪いからやめたほうがいいですよ」

高利貸が絶句した。

嫌味ったらしい成金顔が青くなったり赤くなったりするのを冷めた目で見遣って、サーシャは犬でも追い払うかのように手を振る。

「はいはい。食べるならあっちのベンチでどうぞ。他のお客様の邪魔になりますから」

「……言っておくが。この程度じゃ、僕はまだ認めないからな！」

模範的な捨て台詞《ぜりふ》を吐き出して、ガナードはベンチへ向かった。金の指輪で飾られた手は、しっかりと木椀を掴《つか》んでいる。

サーシャは呆《あき》れ気味に言った。

「なんなんですかあの人。なんかこっちを睨《にら》みながら食べてますけど」

「あ、あはは……」

結局、ガナードはおかわりまでして帰っていった。面の皮の厚さはさすがだった。

「まあ、いい傾向ですね」

「え？」

「あの小金持ちの高利貸がやってきたってことは、私たちの屋台が噂になっているってことです。もちろん、いい意味で」

「そっか、そうですよね」

「ぼちぼち、忙しくなるかもしれませんよ」

サーシャの言葉は当たっていた。

その日を境に、「踊る月輪亭」出張店を訪れる客の数は倍増した。水面下で広がっていた噂話が、一気に花開いたのだ。昼時でなくとも、常に客が列を成すようになった。

訪れる客の中には、件《くだん》の冒険者一行の姿もあった。

お喋《しゃべ》りな金髪の剣士と、寡黙な弓使い。別行動なのか、眼鏡《めがね》をかけた魔術師は見当たらない。

銅貨を払った剣士が、二人分のスープを受け取って、軽快に喋り始めた。

「いやあ、お陰で助かったよ。まじまじ。うちの弓使い、あ、実は妹なんだけどね。俺の。こいつホント頑固だからさあ、肉が売れないならもうワイバーンは狩らないとか言い出してて。いや大事よ？　狩人《かりうど》のプライド的な？　誇り？　みたいな？　俺そういうの大事にしたいタイプなのよ、こう見えて。でもさあ、プライドでメシは食えなくね？　それにさあ、実際ワイバーンに襲われてる牛飼いの人は困っちゃってるわけ。それって悲しいじゃん。見過ごせないじゃん。でも仲間の気持ちも大事じゃん。だからサーシャさんたちにはガチ目に感謝してるってこと。このスープまじでウマいね」

「どうも」

「兄さん、邪魔」

剣士を押《お》し退《の》けた弓使いの少女が、ずいと前に出た。身の丈に余るような大弓が、背中で揺れる。

「……リタが言ってた。ワイバーン、みんな美味《おい》しく食べてるみたい。命の循環、大事。感謝する」

なるほど、言われてみれば目元の辺りがよく似ている。

金髪の兄に対するより幾分か丁寧に、サーシャは彼女に微笑《ほほえ》みかけた。

「ええ、こちらこそ助かってますよ。狩り、順調みたいですね」

「順調。わたし、百発百中」

ピースサイン。

「それはすごい」

「えへへ」

「わっ、可愛《かわい》い」

あざとい笑みに、思わず頭を撫《な》でてしまいそうになる。ぐっと堪《こら》えて、サーシャは手を差し出した。

空《から》の木椀を置いて、弓使いはサーシャの手を握り返した。愛くるしい見た目に反して、冒険者らしい、さらりと乾いた硬い手だった。

「スープ、すごく美味しかった。応援してる」

その言葉を聞いた途端、サーシャの胸に柔らかな熱が灯《とも》った。

なんだろう、これ。知っているような、初めて出会ったような、そんな温かさだ。

「……あ。ありがとう、ございます」

「うん。キルシュも、ご馳走様《ちそうさま》。美味しかった」

冒険者兄妹《きょうだい》の後ろ姿をぼんやり眺めていると、キルシュが身を屈めて、悪戯《いたずら》っぽく顔を覗《のぞ》き込んできた。

「よかったですね、サーシャさん」

「は？」

「美味しかったって、言ってもらえて」

「…………は？」

なにを言って。

そんな言葉、サーシャにとってはあまりにも今更だ。素人《しろうと》の新米店主とは訳が違う。そもそも、かつてサーシャ自身が言ったとおり、これはキルシュが作った、彼女の料理だ。

だから。

特別、嬉《うれ》しくなんて、ない。

普通だ。称賛なんて、サーシャ・レイクサイドにとっては、ごく当たり前のこと。

「別に、言われ慣れてますよ」

「でも、すっごく嬉しそうです」

言われて、サーシャは自分の口元に手を当てた。唇の端が、ぴくぴくと震えている。まるで何かを堪えているように。

「ねえ、サーシャさん」

キルシュが、上目気味に言った。

「嬉しいときは。やったーって、言ってもいいんですよ？」

「な」

カッと頬が熱を帯びる。

「……生意気！」

「えへへ」

「可愛くないですよ」

「あっ、ひどいです！」

「――あのう、スープ……」

じゃれ合っていると、また次のお客がやってきた。キルシュが、慌ててレードルを寸胴鍋《ずんどう》に差し入れる。

星のない夜

「五十八点」

シチューをひと口味見して、サーシャは険しい顔をした。

「ルゥが焦げ過ぎてますし、野菜の切り方もまばら——待った。ちょっと手、見せてください」

「あっ」

手を伸ばして、キルシュが背中に隠そうとした左手を掴む。

指先に、細い包帯が巻かれていた。器用な彼女にしては珍しいことだ。

深く息を吐いて、サーシャは言った。

「やっぱり。ちょっと根を詰め過ぎです。疲れてるなら、休まないと」

「でも、収穫祭まであと三十日もないですし」

「でもじゃないです。今日は早く寝て、明日はお休みにしましょう。ね？」

「でも、」

「でもじゃないっつってんですよ。これ食べたらお風呂《ふろ》入って寝る！　手元が狂うくらい疲れてるんですから、休まないと駄目です！」

まだ厨房《ちゆうぼう》に立とうとするキルシュを窘《たしな》めて、強引に厨房から追い出した。

最近の彼女は、少し熱が入り過ぎている。焦る気持ちは理解できる。熱心なのもいい。けれど、やり過ぎは絶対駄目だ。体調を崩しては元も子もない。

――あの人だって、そうして、最後には。

サーシャは首を横に振った。

「とにかく、明日はお休みです！」

「……はぁい」

いかにも不承不承といった様子で、キルシュが頷《うなず》いた。

翌日。

朝食後、こそこそと鍋を取り出すキルシュを目撃したサーシャは、亜麻色の後頭部を軽くこづいた。

「ちょっとちょっと。何してるんですか」

「あう」

「あなた、意外と油断も隙もありませんね」

鍋を棚に仕舞い直して、キルシュは肩をすぼめた。もじもじと手を組み合わせて、控えめに抗弁してくる。

「その。やっぱり何もしていないと、落ち着かなくて」

「最近、忙し過ぎた弊害ですかね……」

働き過ぎて、休み方が分からなくなっているのかもしれない。だとすれば、本当に休まないと駄目だ。下手《へた》をすれば収穫祭まで身体《からだ》が持たない。

「キルシュさんって、家でのんびりするのと外で遊ぶの、どっちのほうがリフレッシュできるタイプですか？」

「えと。どちらかというと、家でゆっくりするほうですけど……今は、色々気になっちゃうかも」

「ふむ」

なるほど。

なら、仕方がない。

「お出掛けしましょうか。いい天気ですし」

「お出掛け？」

「ええ」

キルシュは一瞬ひどく難解な顔つきになった後、ふと合点がいったように手を打った。

「あっ、なるほど。デートですね？」

まあそれで合っている。サーシャは軽く頷いた。


あてがわれている自室に向かって、衣装棚を開けた。私服なんて数えるほどしか持っていないけれど、折角の機会だ。多少は着飾ってもいいだろう。

それに、収穫祭を終えて、メイヤが烙印《らくいん》を施した魔術師を見つけてきたら、そのときは。

そのときは？

姿見の前に立って、取り出した服を身体の前に合わせる。ふと、鏡に映る自分自身と目が合った。鏡像が冷ややかな笑みを浮かべ、音のない声を発した。底意地の悪い声だった。

――そのときは、どうするの。サーシャ・レイクサイド。

「……どうしましょうかね」

心の内側から湧き出た問いかけには、誰も答えてはくれない。自分自身で、答えを見つけるしかないのだ。いつか来る岐路で選ぶべき道を。


王都一のマーケット、迷宮市場《メイズ・マーケット》ではすべてが揃《そろ》う。それは食材に限らない。普段はあまり立ち寄らないけれど、工芸品やアクセサリーの類《たぐい》を扱う店が並ぶ区画もある。

「あのう、サーシャさん」

普段使いで愛用している暖色系のエプロンドレスを着たキルシュが、こてんと首を傾《かし》げた。

「生鮮売り場に行くなら、方向が違いますけど……」

「え？」

「え？」

「いや、食材の買い出しじゃないですし」

「そうなんですか⁉」

何故《なぜ》か驚かれた。今日は休みだと言ったのに。

そこそこ歩いた辺りで、軽食と煮出した紅茶を売る露店に入った。注文したのは、スライスされた塩漬け肉――パンチェッタと、一枚の大きな平パン。ガナ粉をこねて砂糖を塗《まぶ》した揚げ菓子に、幾つかの野菜を酢漬けにしたピクルスと、甘いカブナの実。それから熱い紅茶だ。

紅茶といっても、ツバキ科ツバキ属の常緑樹、チャノキから作られたものではない。けれど、味わいは大体同じだ。濃く煮出して牛か羊のミルクを注ぎ、たっぷりの砂糖を加えて飲むスタイルは、どことなくチャイに似ている。

「さ、食べましょうか」

薄切りの塩漬け《パンチェッタ》の豚肉を平パンに載せる。氷精の数が少ない地方では、今でも塩漬けは一般的な保存手段だ。王都でもよく出回っている。

ひとつまみのピクルスを加えて、いざ切り分けようとした瞬間、キルシュがばっと手を上げた。

配膳役の女性が、ふらりと近づいてくる。拳大の黄色い塊と、棒状の卸し金を手に持って。

「チーズですか？」

「はい、お願いします」

動きを止めたサーシャの眼前で、店員が黄色い塊をすりおろし始めた。熟成されたチーズ特有の、濃厚な匂いが立ち上る。

「ちょっと離れててね」

女性が、腰に下げていた瓶のコルクを抜いた。広い口から、オレンジ色の火の粉がちらつく。

そこからひょいっと火精が飛び出して、粉末状になったチーズへ火を放った。

「おおう」

炙《あぶ》り焼き。

キルシュが差し出したチップを受け取って、女性は配膳に戻っていった。すっかり溶けたチーズには、小麦色の焦げ目がついている。

「……いただきます」

サーシャはパンにナイフを入れて、四等分にした。生地の端を折り畳み、とろけて伸びたチーズを零《こぼ》さないよう口に放り込む。

生地の端がちょっと焦げていたけれど、これはこれで悪くない。

「いいですねぇ、こういうの。ライブ感があって」

「ライブ感？」

「お気になさらず」

しばらく、互いに手を伸ばして空腹を満たした。温かい食事は、それだけで心身を満たしてくれる。

「……あの、実はずっと聞きたかったんですけど」

皿の上の料理が半分以下になった頃、おもむろにキルシュが口を開いた。

「サーシャさんの『故郷』って、どこなんですか？」

サーシャの手が止まった。

「……王都のずっと南西にある、群島地方の離れ島ですよ」

「えっと。それ、嘘《うそ》、ですよね？」

疑惑というより、確信に近い口ぶりだった。

サーシャは温《ぬる》くなりつつある紅茶で唇を湿らせてから、できるだけ何気ない口調で答えた。

「……どうしてそう思うんです？」

「この前、屋台に群島地方出身のお客さんが来たから、ちょっと聞いてみたんです。あのとき、キルシュさんが使ってた調味料について」

ガナードに出したシチューをリメイクしたときだ。あのとき、サーシャは奥の手を使った。豆科植物の発酵調味料。醤油《しょうゆ》（もどき）を。

「確かに似た風味の調味料はあるそうです。でも、どれも魚を塩漬けにして作るもので、植物から作るなんてことは聞いたことがないと言ってました。そもそも、」

キルシュは下唇を固くして、どこかサーシャを気遣うように言葉を続けた。

「群島地方には、豆畑はないそうです」

「おおぅ」

思わず手で顔を覆う。迂闊《うかつ》過ぎる。これは完全にサーシャの失態だ。

こういう事態を警戒して、軽々しく使わないと決めていたのに。

頬を掻《か》いて、視線を逸《そ》らして、それからちらとキルシュの顔を窺《うかが》う。控えめな翠《みどり》の視線が、訴えかけるようにこちらを見ている。

長い睫《まつげ》毛を伏せて、キルシュが呟《つぶや》いた。

「ごめんなさい。サーシャさんが言いたくないなら、これ以上聞きません」

「……そうしてもらえると、助かりますね」

サーシャは前世の記憶を持っている。それも、この大陸とは異なる世界で過ごした記憶を。魔術が実在し、精霊がわらわら飛び交うこの世界でも、それは明確な異常だ。

だからサーシャは、このことを誰にも話していない。

話すつもりも、ない。

「その。代わりに、ってわけじゃないですけど。ひとつ聞いてもいいですか」

「……どうぞ」

「サーシャさんは、どうして料理人になろうと思ったのかな、って」

おずおずと、キルシュは続けた。

「一度、聞いてみたかったんです。サーシャさんは、あたしの憧れだから」

「……別に、大層な理由があるわけじゃないですよ。キルシュさんと同じです」

「あたしと？」

「ええ。私の場合は、父親でしたけど」

サーシャの脳裏に、一人目の父の言葉が蘇《よみがえ》る。

――この店は畳む。

――すまない。父さんが間違っていたんだ。

ぎゅっと強く目を閉じて、サーシャは首を横に振った。瞼《まぶた》に焼き付いた過去を振り払うように。

「父がシェフだったんです。その背中を追いかけて、気づいたら包丁を握っていました」

「その、お父さんは、」

「亡くなりました」

失言と思ったのだろう。慌てて口元を押さえたキルシュを見て、サーシャはひらひらと手を振った。

「気にしなくていいですよ。昔の話です」

第一、親がいないのはお互い様だ。

「まあ、それはきっかけで。一度、ものすごい人生の転機があったんですけど。結局、料理を始めてしまいました」

生まれ変わってまで包丁を握っているのだから、我ながら筋金入りと言う他ない。

望めば、魔女見習いにだってなれたのに。

「本当、私、どうして料理人なんてやってるんでしょうね」

立ち仕事の肉体労働だし、朝は早いし、精魂込めた一皿だって一瞬で消えてなくなるし。

どれだけ称賛を浴びたって、あの日に戻れるわけでもないのに。

サーシャの言葉に、キルシュが目をぱちぱちと瞬いた。

「……なんですか」

「いやだって、サーシャさんが訳の分からないことを言うので……」

「ぬな」

「なんで料理をしてるのか、って。そんなの、決まってるじゃないですか」

砂糖って甘いですよね、とでも言うような調子で、キルシュが断言した。

「料理が好きだから、ですよね」

「……え？」

「シチューをリメイクしたときも、クレープの作り方を教えてくれたときも、低温調理の解説をしてくれたときも。サーシャさん、すごく、すっごく楽しそうでしたもん」

「いや、そんな、」

「きらきらしてて、眩《まぶ》しいくらいでした」

「っ、〜〜〜〜……」

火が灯《とも》ったみたいに、頬が熱い。

なんだそれ。ただ楽しいから。料理が好きだからって、そんな理由、まるで子供だ。いや、十六歳は子供だろうか？　だがしかし。

だがしかし。

結局は、そういうことなのかもしれない。

ここ最近の記憶が蘇る。楽しかったか、そうでなかったかと言われたら、そんなの考えるまでもない。

楽しかった。そうに決まってる。

サーシャ・レイクサイドにとって料理は、生きる糧で、理由で、目的で、つまり全部だ。

でも、そんなことよりもっと前に、ごく当たり前のこととして、つまるところ結局は——

サーシャは、料理が好きなのだ。

二度の人生を、まるごと差し出してしまえるくらいには。

「ほんと、生意気……」

「え？」

「なんでも」

サーシャは残りのパン生地を折り畳んで、一息に口へ放り込んだ。


午後は、雑貨を扱う区画を見て回った。木彫りの怪物に、綿の詰まった縫いぐるみ。調理器具の類に、色とりどりの陶器を扱う店もある。

のんびり市場を巡っていると、ある露店の前でキルシュの足が止まった。

そこは、硝子《ガラス》の瓶を扱う店だった。広げた絨毯《じゅうたん》に、幾つも色と形の異なる硝子瓶が並んでいる。

どれも一見、何の変哲もない瓶だが、組み紐《くひも》が結ばれていて、ベルトや鞄《かばん》に取り付けできるようになっていた。

「精霊瓶ですね」

と、サーシャが解説した。

「ほら。さっきのお店の店員さんが使っていたやつです」

「ああ、火精さんが入ってた」

精霊は存在するだけで自然現象を引き起こす。火精なら火の粉を、氷精なら冷気を生む。

なので、屋外で精霊を連れ歩く際は瓶に入れることが推奨されている。それが精霊瓶だ。要は精霊用のケージである。魔術が施されていて、中に入った精霊は快適に過ごせる（らしい）。

「これがあれば、ウチでもああいうことができますね」

キルシュは、薄荷色《はっかいろ》をした瓶を摘《つま》んで、光に翳した。エメラルドのように輝く影が、彼女の頬に落ちて揺らめく。

「買ってあげましょうか?」

「はえ」

「それ、気に入ったなら」

「サーシャさん、文無しなのでは……?」

「瓶一本分くらいの持ち合わせはありますよ、さすがに」

精霊瓶には簡易な魔術が施されているが、基本的にはありふれた工芸品だ。銀貨一枚でお釣りがくる。

革ポシェットから小銭入れを取り出して、サーシャは店番の男に銀貨を渡した。

「あ、ありがとう、ございます……」

どこか戸惑うように、キルシュは腰帯に精霊瓶の紐を結んだ。明るい色合いのエプロンドレスに、透明な薄荷色がよく映えている。

「似合ってますよ」

キルシュが、指先で赤い頬を擦《こす》る。

サーシャはそっぽを向いて、一言だけ付け加えた。

「お礼です」

「へ？　あの。何の、ですか？」

「さあ。なんでしょう」

スカートを翻して、サーシャは小路を歩き出す。すぐに足音がついてくる。追いつかれる前に、誰にも聞こえないように、口の中だけで声を震わせた。

ありがとう。

†

翌日、またメイヤがやってきた。根っから甘党の彼女は、屋台の寸胴《ずんどう》鍋を悲しげに見つめ、実に恨みがましい声で「ねえ、クレープはどこ？」と言った。

「店を再開したらまた出しますよ。ほらほらスープを飲んでください美味《おい》しいですから」

「スープ」

「ワイバーン・テールとルクルクのスープです。旨酸《うまず》っぱいですよ」

「旨酸っぱい」

いかにも不承不承といった様子で椀《わん》を受け取ったメイヤだったが、ひと匙《さじ》口に運んでからは早かった。あっという間に食べきって、ほうとため息をつく。

「悪くないわ」

「でしょう。収穫祭ではもっと美味しいものを出しますからね」

「期待しておく。それでサーシャ、ちょっといい？」

メイヤの黒い瞳が、ちらとキルシュを見遣った。

迷宮市場《メイズ・マーケット》の端の端、酒の空き瓶が転がる裏通りの入り口までやってきてから、ようやくメイヤは口を開いた。

「王弟派に不穏な動きがあるの」

「はい？」

いきなり何の話だ。

「バーンウッド辺境伯の話よ。前にも言ったじゃない。辺境伯の身辺を洗ってるって」

「あー。え？　それ、あの魔術師と辺境伯の繋《つな》がりを探るって意味じゃなかったんですか？」

「違うわよ。料理人一人を私刑にしたくらい、辺境伯の立場なら何でもない。暴かれたところで痛くも痒《かゆ》くもないでしょうね」

随分と軽く見られたものだ。一瞬、憤りを覚えたけれど、冷静なメイヤの顔を見て引っ込めた。

悔しいが、彼女の言っていることに間違いはない。大貴族からしたら、料理人の首なんて羽根のように軽いだろう。

「つまり？」

「元々、辺境伯には不穏な噂《うわさ》があったのよ。殿下や私が調べていたのはそっち。あなたの件は、その余罪として追及するつもりだったの」

「ああ、そういうことですか」

「その中で、王弟派の一部にきな臭い動きがあったわ」

「ちょっと待ってくださいよ。その、王弟派っていうのは？」

メイヤが、「何言ってんだこの馬鹿は」と言わんばかりの顔をした。

「……サーシャ。あなた、ついこの前まで宮廷で働いてたわよね？」

「いや全然興味ないんですよ政治闘争とか。さっくりまとめて教えてください」

メイヤは呆《あき》れたような顔をしながらも、本当にさっくりまとめてくれた。

現在の宮廷は、大きく三つの派閥に分かれて争っている。

第一王女派、第二王女派、そして王弟派の三つだ。

争いの発端は、よくある後継者争いである。まず、現在の君主たるグランベル国王陛下には、嫡男がいない。娘は三人いて、第一、第二王女は国内の有力貴族に嫁いでいる。老境に差し掛かってから生まれた第三王女、ミリアガルデは未婚。

第一王女は長く子宝に恵まれず、その間に第二王女が男児を出産した。王位継承の第一候補はその子になったが、時間が経《た》つにつれて問題が出てきた。

第二王女の息子は、身体《からだ》が弱かったのだ。温和で利口、学問の才能もあるけれど、とにかく病弱でベッドから離れられない。

そうこうするうちに、第一王女も男児を産んだ。こちらはまだ乳飲み子なので、王の資質があるかは不明。とりあえず健康そうではある。

まだ続く。この状態で名乗りを上げたのが王弟派だ。王の実弟を担ぎ上げ、「王に万一のことがあった場合、第一王女の息子が成人するか、第二王女の息子が快復するまでの期間限定」で、王の弟が王位を継ぐべしと主張する一派。

最近病に臥《ふ》せがちな陛下と異なり、王弟殿下は矍鑠《かくしゃく》としており、長年培った政治手腕の評価も高い。まあ一理ある話だ。宰相でいいじゃないか、という気もするが。

一番の問題として、当の王弟殿下がノリ気ではないらしい。いい年して何が王位だ。兄貴の娘や孫に恨まれてまで、そんなもん欲しくないわい、とのこと。

「まあそれでも、ノリ気な一派はいるのよ。王弟殿下を立てるというより、王弟殿下を担ぎ上げて美味《うま》い汁をすすろうとする過激派が」

「美味い汁をすすりたいなら、ウチに来ればいいのに……まあ、分かりましたよ。それで、辺境伯がその過激派筆頭ってわけですか」

「王弟殿下の直系だもの。父に王位を継がせて、あわよくばその跡目を、ってことじゃない？」

「わー……」

宮廷怖い。

「ちなみに、我らがミリアガルデ殿下はどうなんです？」

「興味なし。という本音は隠して、第一王女派ね。本音を言えば、早く陛下に元気になってほしいみたい」

「ま、過激派がのさばると危険な立場ですからね」

「そのとおり。姫殿下は、辺境伯と過激派との繋がりを疑っている。そういう訳で、前々から調べていたの」

メイヤはまごうことなき給仕メイドだが、しかしただのメイドではない。

しかるべき筋で諜報《ちょうほう》技術を学んだ、ミリアガルデ第三王女の懐刀だ。腹の底まで真っ黒な魑魅《ちみ》魍《もう》魎《りょう》が跋扈《ばっこ》し、生き馬の目を抜くような陰謀が渦を巻く伏魔殿、グランベル王国宮廷に潜むスパイである。

「むう。結局、私のためじゃないと」

「何がむう、よ。何が。姫殿下があなたの件も調べるよう言ってきたのは本当よ」

「ふうん、そうですか。じゃあ、メイヤはどうなんです?」

「はあ?」

素っ気ない友人の態度に悪戯《いたずら》心が湧いて、サーシャは彼女の手を取った。白い指の間に指を差し込んで、きゅっと握る。

「とっても仲良しのサーシャちゃんのため、って気持ちはあったんですかぁ?」

「うっざ。え、なにその突然のウザ絡み」

心底嫌そうな顔をしたメイヤが、繋がれた手を雑に振り払う。

サーシャは肩をすくめた。相変わらずでなにより。

「冗談ですよ。それで、過激派の不穏な噂って何ですか? まさかクーデター? 東の帝国と手を結んで、挙兵アンドヒャッハー的な？」

「ひゃっはー？」

「お気になさらず」

「そこはまだ未確定だから、口にするのはやめておくわ。ただ、」

「ただ？」

「例の魔術師を雇ったのは、辺境伯じゃないかもしれない」

サーシャは目を瞬《しばた》いた。バーンウッド辺境伯ではない？　そんな馬鹿な。さすがに、他の誰かから恨みを買った記憶はない。ひょっとしたら、気づいてないだけかもしれないけれど。

「どういうことです？」

「まだ何とも言えない。辺境伯本人でなくとも、過激派が独断で辺境伯に忖度《そんたく》した可能性だってある。いずれにせよ、連中の尻尾《しっぽ》が掴《つか》めればはっきりするはず」

メイヤが、薄絹の手袋に包まれたサーシャの手に目をやった。

「そうすれば、その烙印《らくいん》もどうにかなるかもね」

「そこはホントにお願いしますよ。ホントに」

「まあ、それが仕事だからね。ただ、」

「ただ？」

黒曜の瞳が、きゅっと細められた。

「烙印が消えたら、あなた、宮廷に戻ってくるのよね？」

「それは、」

もちろん。

そう答えようとして、けれど、言葉が喉に詰まった。

「それ、は……」

数多《あまた》のレストランが軒を連ねる王都でも、宮廷厨房《ちゅうぼう》は別格の存在だ。金に糸目をつけず用意された食材と、最高の設備。そして、選び抜かれたスタッフたち。王都の料理人なら、誰もが一度は宮廷料理人に憧れる。

でも。

押し黙るサーシャを、メイヤが試すように見つめた。

石壁から背中を離した給仕メイドが、かすかな苛立《いらだ》ちを覗《のぞ》かせて言った。

「あの子に情が移ったってわけ?」

答えられない。

春風みたいな笑みが脳裏に浮かぶ。

情というなら、そんなもの、とっくに移っていた。

移って、しまっていた。

「サーシャ。誰があなたを宮廷料理人にしたのか、ちゃんと覚えてる?」

「……覚えてますよ。忘れるわけないでしょう」

「山海楼」で修業を積んでいたサーシャをスカウトしたのは、メイヤの主《あるじ》、ミリアガルデ第三王女だ。たまたま店を訪れた彼女が、サーシャの用意した前菜をいたく気に入ったことがきっかけだった。

「だったら」

ばん。メイヤの手のひらが、サーシャの背後にある石壁を叩《たた》いた。密偵兼給仕メイドは、怜悧《れいり》なかんばせを寄せて、息がかかる距離でサーシャを睨《ね》めつける。

「半端な覚悟で姫殿下の寵愛《ちょうあい》に背くなら、私はあなたを許さない」

底冷えするような声だった。黒い瞳が放つ凄《すさ》まじい圧力に、サーシャは思わず目を逸《そ》らす。

「あなたが言うと、洒落《しゃれ》になってないんですよ……」

「あら。もしかして冗談だと思ってる？」

この女の忠義は本物だ。王女に死ねと言われたら、躊躇《ためら》わずに死ぬだろう。そういう奴《やつ》だ。

ゆっくりと身を離したメイヤが、腰に手を当てた。垣間見せた殺気は、もう消えている。

いつもの、どこか気怠《けだる》げな目で彼女は言った。

「本気なら、止めないけどね。その辺、ちゃんと考えときなさいよ。後悔しないように」


メイヤと別れて屋台に戻ると、キルシュがおそるおそる声を掛けてきた。

「あのぅ、ご友人のメイドさんとはなんのお話を？」

「……このくそったれな烙印の外し方について、ですよ」

「え。進展、あったんですか？」

「一応、希望が見えてきました。まだどう転ぶか分かりませんけど」

サーシャの言葉に、キルシュは一瞬、強く打たれたかのように身を震わせた。柔らかそうな桜色の唇が、かすかに震えている。

彼女はエプロンの裾を握り締め、そっと呟いた。

「あの、やっぱり、サーシャさんは、」

「はい？」

「……いえ、何でもない、です」

キルシュは前を向き、おもむろに自らの頬を叩いた。唐突に気合を入れ直した相方に、サーシャは面食らう。

「あたし、頑張りますから」

「はあ。頑張ってください……？」

いまいち意図は掴めないが、やる気があるのはいいことだ。

証拠を示すように、キルシュは屋台の前で呼び込みを始めた。同業者や、地面に敷物を敷いた小売商人たちから、声援が飛ぶ。

お客だけじゃない。けなげに声を張り上げる彼女のことを、皆が知り、認め始めていた。

†

街の至る場所から、収穫祭の足音が聞こえ始めていた。

それは例えば、市場に乗り付ける荷車の数であり、行き交う人の口の端に上る話題であり、紅葉に染まる木々や高く澄んでいく空の青さであったりした。

一方で、サーシャたちの準備は順調とは言い難かった。キルシュの技量は向上していたし、平均的な「カリン羊の内臓の煮込みシチュー」なら一人でも作れるようになっていた。ただ、それでは駄目なのだ。輝く星を集めるには、もう一歩足りない。

秋が深まり、日を追うごとに短くなる昼に反比例するように、焦りがサーシャの心に忍び込んでいた。

キルシュがサーシャの前に木椀《もくわん》を置いたのは、そういう肌寒さを覚える朝のことだ。

「これは？」

「今朝、作ってみたんです。食べてみて、もらえますか？」

ひと匙《さじ》口に運んで、サーシャは、緊張した面持ちのキルシュを見上げた。

丁寧に下処理した羊の内臓に煮込んだルクルクの実を加え、小麦粉をバターで炒《いた》めたブラウンルゥと、ワイバーンの骨を煮出して作ったフォンが注がれている。

基本はサーシャのレシピどおりだ。ただ、余計な食材が入っている。カブナだ。

カブナは甘みの強いウリ科の多年植物で、黄色い果実を皮ごと食べる。甘くて栄養価が高く、大人から子供まで人気のある野菜だ。シチューに合わないこともない。

けれど。

「六十六点。小麦粉が少し焦げてます。ルクルクをもう少し——あと半個、入れましょう。塩もひと匙。あと、このカブナはなんですか？　変な甘さが出てバランスを崩してますけど」

レシピが完成しない苛立ちと相まってつい、棘《とげ》のある声が出てしまった。相棒がしゅんと肩を落とす姿を見て、ギクリとする。言い過ぎただろうか？

でも、勝手にレシピに手を加えられて、カチンときたのは事実だ。

キルシュがサーシャのレシピにないことをするのは、これが初めてだった。

慰めるつもりで、肩に手を添える。

「まあ、次は私が一緒に作りますよ。フォンはまだ残ってますよね？　テールスープにする分と分けておきましょう」

「はい……」

キルシュは頷《うなず》いたものの、いつもの溌溂《はつらつ》さは見て取れなかった。

並んで屋台でスープを売る間も、どこか上の空のまま。

寸胴鍋《ずんどう》いっぱいのスープからテール肉を探しながら、もっと別の何かを探そうとしているようだった。

†

「あ、いた。お風呂《ふろ》、頂きましたよ」

風精が生む温風に髪を揺らしながら、サーシャは「踊る月輪亭」の厨房を覗き込んだ。

火水精式の浴槽を使うのは、基本的にサーシャが先だ。キルシュが「お客さんなので」と頑なに主張したからで、実のところサーシャとしては、いい加減客人扱いは不本意なのだけれど。

「キルシュさん？」

「あ……」

灯油式のランタンに照らされたキルシュは、包丁を握っていた。まな板の上には、丸いカブナの実が転がっている。

エプロンを付けた身体《からだ》をズラして、彼女はさりげなく調理台を背中に隠そうとした。

「しまった」という一言が、聞こえてくるようだった。

「……何してたんですか？」

つい、咎《とが》め立《だ》てるような声が出た。私のブラウンシチューに、カブナは余計だ。ねっとりとした甘さは、このレシピにはそぐわない。そう伝えたはずなのに。

キルシュは睫毛《まつげ》を伏せて俯《うつむ》き、両手でエプロンの裾を握った。幾つもの染みが落ちた麻の布地に、深い皺《しわ》が寄る。

「それ、カブナですよね。私、入れないように言ったと思いますけど」

細い喉が、怯《おび》えたように上下する。これで話は終わりだと思った。

けれど予想外にも、彼女はおずおずと反論を口にしてきた。

「あの、でも、カブナって滋養があって、疲労回復に効果がありますよね。その、シチューを食べてくれた人が元気になってくれたらなって、思って」

「駄目です。あのレシピは、フォンの旨味《うまみ》とルクルクの酸味が大事なんです。そこに甘いカブナは合いません。味のバランスを崩します」

「あ、じゃあ。油で炒めて、最後に入れるのはどうですか？　そうすれば、ルゥに味が染み出ないかも」

「料理は足し算です。余計な味を入れるのが一番駄目なんです」

「でも、」

こんな簡単なことが、どうして分からないんだろう。胸から喉へ、苛立ちが込み上げる。

けして言うつもりのなかった言葉が、口を衝《つ》いた。

「あなたは黙って、私の言うとおりに作っていればいいんです！　素人《しろうと》なんですから！」

自らの声に、過去からの記憶が重なった。

――お前は黙ってろ！　ここは俺の店だ。子供が出しゃばるな！

両手で口を覆う。

やってしまった。そう思った。全身から血の気が引く。心臓の下あたりが凍り付いたみたいに冷たい。

そっとキルシュの顔色を窺《うかが》う。いつだって春風みたいな彼女が、青褪《あおざ》めていた。

怒り、失望、悔しさ。そういった負の感情が、物言わない翠の瞳の奥に揺らめいている。

「あの、や、その、今のは、」

「……ごめんなさい。出過ぎたことをしました。そうですよね。実際、あたしは素人ですし」

「それは、でも、」

「いいんです。ごめんなさい。明日からは、サーシャさんに言われたとおり作ります。あたしだって、この店を潰したくないですから」

キルシュは、まな板の上で転がるカブナを乱暴に掴《つか》むと、氷精が眠る冷蔵庫へと放り込んだ。扉を閉める無機質な音が、静かな厨房に響き渡る。

キルシュは何も言わずに厨房を後にした。

一人の厨房は、しんと静かだ。置き去りになったランタンの火を落とし、サーシャは窓から夜空を見上げた。

空の下に雲がかかっているのか、星のひとつも見えない。

闇の底に、沈むような夜だった。

翌日から、宣言どおり、キルシュはレシピへの口出しをやめた。ただただ、サーシャの指示に機械的に従う。まるで、よくできたからくり人形のように。

レシピへの意見を聞いても、口を閉ざすばかりで何も言わない。その有様で寝食を共にしているのだから、気まずいなんてものではなかった。

「あの、キルシュさん」

「はい」

「そこのお酢、なんですけど」

「……どうぞ」

差し出された小瓶を受け取り、生野菜に回しかける。お礼を言おうとすると、ふいと視線を外された。タイミングを見失って、何も言えなくなる。

万事この調子だ。

でも、と思う。料理のことばかりは、妥協ができない。そこに嘘をついてしまったら、サーシャはもう、プロの料理人ではなくなってしまう。

だから、謝ることができない。

それでも収穫祭の日は迫ってくる。どうにかこうにか、準備は進めていた。難航していたシチューのレシピも概《おおむ》ね完成して、試作品の出来も上々だった。険悪な空気のなかでも、キルシュは目を見張る速度で成長していた。

予想外の来客があったのは、いよいよ収穫祭を目前に控えた、休息日の午後だった。

「あの、困ります。今、お店はやってなくて」

サーシャが厨房《ちゆうぼう》で木椀を洗っていると、ドアベルが鳴った。応対に出たキルシュが困惑している様子が、厨房まで伝わってくる。

厨房から覗《のぞ》き込んで、サーシャは思わず声を上げた。

「——総料理長！」

キルシュの背中越しに、宮廷厨房の王、ベック総料理長が立っていた。

分厚い半身を御者らしき男に預け、片足を木の棒と包帯で固めた姿で。

ベックは、ぎこちなく片手を上げた。

「よう」

「ど」予想外の姿に、目を見開く。

「どうしたんですか、その足」

「階段から落ちた。全治二ヶ月だそうだ」

サーシャはベックの顔をしげしげと見つめた。少しやつれただろうか？　頬骨の影が濃くなったように思える。よく見れば、左手がさりげなく脇腹を押さえていた。負傷は、足だけではないようだ。肌寒い季節なのに、額に汗が滲んでいる。

「メイヤから聞いたよ。ここの店主と組んで、屋台をやってるらしいな」

「ええ、まあ」

「収穫祭の星集めに参加するんだろう。レシピは決まったか？　さっきから火にかけている、ブラウンシチューかな」

ベックが大きな鼻を動かし、厨房のほうを見遣った。

「ああ、いい匂いだ」

「私のレシピですから。それより、」

サーシャはベックの左足を見下ろした。足首から膝の辺りまでを、包帯が添え木ごときつく締め付けている。

「全治二ヶ月？　神饌《しんせん》会はどうするんです？」

神饌会は、収穫祭の直前に行われる王族の昼食会だ。王族がその年に収穫された食材を用いた料理を食し、王国を守護する空の女神に感謝を伝える神事。

宮廷厨房にとっては、年に一度のビッグイベントだ。

「それだ。その話をしに来た。見てのとおり、俺はしばらく厨房に立てない。今は痛み止めで誤魔化してるが、普段はベッドの上だ。だから——」

かつての上司は膝に手を当て、唐突に頭を下げた。グレーに染まった髪のつむじが見える。

サーシャはぎょっとして、意味もなく周囲を見渡した。厨房の陰から、キルシュがこちらの様子を窺っている。

「頼む。戻ってきてくれ」

絶句したサーシャをよそに、ベックは言葉を重ねた。

「このとおりだ。戻ってきてほしい。せめて、神饌会までせでも」

「それは。だって、辺境伯の件で」

「もうほとぼりは冷めた。今なら、ああだこうだ言ってくる奴《やつ》はいない」

「私、料理作れませんけど！」

「俺の仕事を知ってるな？　献立の組み立て、料理人への指示、味の最終チェック。それができればいい。自分で鍋を振る必要はない。それは他の奴がやる」

「そ、——そうです！　ボアジェがいるじゃないですか！　彼なら充分やれます！」

「駄目だ」

「え？」

「とにかく駄目なんだ。今に限っては、他の奴には任せられない。それに、お前なら——サーシャ・レイクサイドなら、皆が認める。今もってなお、あの厨房の副料理長はお前だからな」

焦茶色の目が、サーシャをひたと見つめた。

低いベックの声が、心臓の柔らかい場所まで届く。ベック総料理長は、誰もが認めるこの国で最高の料理人の一人だ。その言葉に、サーシャは確かな高揚を感じていた。

あの場所に戻れる。すべての料理人が憧れてやまない、至高の厨房。最高の設備と食材、そしてスタッフが集う宮廷厨房に。

それは、ずっと望んでいたことだ。

でも、今は。内心の迷いを見透かしたかのように、かつての上司が付け加えた。

「返事は今でなくていい。番兵や厨房の連中には伝えてあるから、受けてくれるならいつでも戻ってこい」

「……はい」

そのとき、間の抜けた音が響いた。

ベックが、おどけたように自らの腹に手を当てる。

「こりゃすまん、どうも治療院で出るメシは食った気にならなくてな……」

ベックの視線が、シチューの香りを追って厨房へ向いた。

「そうだ。もしよければ、今作ってるブラウンシチューを一杯貰《もら》えないか。金は払うから」

断れるわけがない。

サーシャが厨房に入ると、すでに木椀《もくわん》にシチューが盛られていた。

「今の話、聞こえましたか」

「……ごめんなさい、最後のほうだけ。前の職場の方、ですよね」

「ええ、まあ」

「やっぱり、戻るんですか？」

「っ、」

お互いの視線がぶつかる。澄んだ瞳からは、どんな感情も読み取れない。

「戻るって言ったら、どうしますか」

「それは。その、サーシャさんが、決めることですから」

キルシュの言葉に、じくりと胸が痛む。なんだそれ。勝手にしろって？

いつか、こんな日が来たら。

──引き留めてくれると、思っていたのに。

残るか、戻るか。もし王都に住む料理人に聞いたら、百人が百人とも「戻るべきだ」と答えるだろう。宮廷厨房にはそれだけの価値がある。

瞼《まぶた》の裏に、かつての仲間の顔が浮かぶ。どんなレシピだって完璧に作れる、最高の料理人たち。

もう一度、あの場所で、副料理長として指揮を執る。

こんな場末の食堂で燻《くすぶ》っているより、ずっとそのほうがいい。サーシャ・レイクサイドは、最高の料理人になるんだ。答えなんて、決まってるじゃないか！

それでも、もし、キルシュが望むなら。

この店に居てほしいと言うなら、残ってあげてもよかったのに。

「……まあ、それもいいかもしれませんね。どうせ、レシピが完成すれば、私はお払い箱でしょうし」

「そんなつもりじゃ、」

縋《すが》り付くような視線を振り切って、食堂へと向かう。木椀をベックの前に置いて、乱暴に椅子を引いた。

「喧嘩《けんか》か？」

「何でもないです。さあどうぞ。カリン羊の内臓を煮込んだブラウンシチューです」

「……頂こう」

ベックは慎重にシチューを掬《すく》って、口に入れた。

ベック・G・サウスウインドは、「山海楼」のフランベル料理長や「天上美食苑《えん》」のシィ・アイラン厨房長と並ぶ、至上の料理人だ。サーシャにとっては、大陸に生を受けて以降、三番目の師でもある。

息を詰めて、その言葉を待つ。

「美味《うま》い」

すとん、とサーシャの肩から力が抜けた。喜びよりも、安堵《あんど》が染み出してくる。

美味い。この人にそう言ってもらうことが、どれだけ難しいことか。

「フォンの味がいい。モツの下処理もきちんとしている。野菜も旬の良いものを使っているな。ただ――」

心臓がきゅっと冷える。

「……ただ？」

「俺なら、ここにカブナを入れる」

「…………………は？」

絶句した。カブナ？　よりにもよって？

「な――なんで、ですか？　ブラウンシチューにカブナって」

「甘みが出てコクと食べ応えが増すし、個性も際立つ」

「味が崩れるじゃないですか⁉」

「そうだな。美しい調和は失われ、完璧な一皿ではなくなるかもしれない」

「じゃあ、」

「だが、そもそも完璧な料理なんて存在しないんだ。料理に正解はない。常に正しいレシピなんてものも」

ベックはゆるりと店内を見渡した。宮廷とはまるで違う、日々の生活に根差した店の作りを。それから、窓の外で忙《せわ》しなく通りを歩く人々の姿を。

「食欲がない客には、酸味や辛味を。疲れている客には甘いものを。心身が弱った老人には薄く、汗をかいてきた若者には濃く。それが料理人の塩梅《あんばい》だ。収穫祭は、日々の労働の疲れを癒やすためのお祭りだ。他の街からやってくる旅人も多い。彼らに必要なのは、宮廷で出されるような完璧な味付けか？　それとも、滋養に溢《あふ》れた一皿か？」

サーシャは、雷に打たれたように固まった。

ベックはその様子を見て、ふっと小さく息を吐き出した。

「すまん、差し出がましい真似《まね》だった。もう帰るとしよう。美味かったのは本当だぞ」

彼は椀を空《から》にすると、一枚の銀貨を置き、隅の椅子に腰掛けていた御者に声を掛けた。駆け寄ってきた男に半ば身を預けるようにして、ゆっくりと椅子から立ち上がる。

「む……」

その瞬間、僅かに表情が歪《ゆが》んだ。傷が痛むのだろう。総料理長は、怪我を押してまでサーシャを説得に来たのだ。自らの厨房を守るために。

それが彼の矜持《きょうじ》なのだと、痛いほど理解できた。

幾分小さく見える背中を見送った後も、サーシャはしばらくの間、椅子から立ち上がれなかった。

†

サーシャ・レイクサイドは転生者だ。

かつては日本という国の、神奈川県川崎市幸区《さいわいく》と呼ばれる地域で、小さなフランス料理店の副料理長を務めていた。

副料理長とは言っても、総料理長は父親だ。つまり総料理長と副料理長と、後は繁忙期に雇うアルバイトだけの、こぢんまりとした店だった。

「彼女」の父は名のあるレストランで修業を積んだ後、念願だった自分の店を構えた。その頃「彼女」はまだ中学生だったけれど、日の光を浴びてキラキラと輝く新築のレストランと、下ろし立てのシェフ・コートを纏《まと》った父の晴れ姿は、「彼女」の進路を決定づける程度には輝かしかった。

中学校を卒業した「彼女」は、普通科の高校ではなく、調理師科のある高校へ進学した。それなりに悩んだ末の決断だったけれど、結果として、その選択は正解だった。

「彼女」には明らかな天稟《てんぴん》があった。精密機械のように器用な指先。人一倍鋭敏な舌と鼻。感性に訴えかける美的センス。そして、それらを下支えする料理への飽くなき探究心。

まもなく、学校に通う傍ら、父の店を手伝うようになった。料理を作って客へ出すことに、実は調理師免許は必須ではない。「彼女」は、在学中から、れっきとした副料理長だった。

そんな日々が続いていた、ある春の日のことだった。

「三日後、ミシュランの調査員が来るそうだ」

知人からの電話を切り、そう告げた父の顔は、「彼女」が見たこともないくらいに強張《こわば》っていた。

WEBサイトやSNS上で誰でもレビューや口コミを書き込める世界において、日本ミシュランタイヤ社が発刊しているガイドブックに、どの程度の価値があるかは分からない。

ただ、「彼女」はこれをチャンスだと捉えた。

ミシュランの調査員は、優れた飲食店に星を与える。一ツ星でも名店と呼ばれるが、三ツ星となれば日本中でも十数店にしか与えられない。厳密に定められた基準を完璧に満たす店舗のみが、その名誉に与《あずか》ることができる。

三ツ星とまでは言わないまでも、一つでも星を獲得することができれば！

父の店は、繁盛しているとは言い難かった。数組の常連客と、彼らの口コミによって訪れる新規客が命綱だった。それは立地の問題だったかもしれないし、「個人経営の本格派レストラン」というあり方そのものが、時代の流れにそぐわなかったのかもしれない。「彼女」は思いつくだけの手段で絶えず父の店を宣伝していたけれど、これといった成果はなかった。

だからこそ、星を手に入れる必要があった。

父の、そしていずれ跡を継ぐ自分自身のために。

「メニュー、変えようよ」

後になって考えてみれば、「彼女」の提案にどれほどの意味があったのかは分からない。

調査員が来るという知人からのリークを真に受けて、特別な料理を出す。それで本当に、ミシュランの星を得ることができたのだろうか？　調査は多角的に行われるものだし、調査員の訪問が一度きりとは限らない。父の友人からもたらされたリークが事実かどうかさえ、分からないのだ。

それでも、そんな当たり前のことに思い至らないくらい当時の「彼女」は必死だったし、藁《わら》にも縋る気持ちだった。

だから、父の答えには、まるで裏切られたような気持ちがした。

「それはできないよ。お客さまは、調査員だけじゃないからね。ウチの常連は、いつものウチの料理を食べに来ているんだから」

「彼女」は反論した。ミシュランだよ。星を取るためなんだ。父さんだって料理人なんだから、星が欲しいんじゃないの。

父は、ひどく悲しい顔をした。

「お前はどこを向いて、何のために料理を作ってるんだ？　店に来てくれた、お客さまか？　それとも、自分の自尊心か？」

その夜、おそらく「彼女」が生まれてから最大の、そして本気の親子喧嘩をした。売り言葉に買い言葉が飛び交い、最終的に父が叫んだ。

――黙ってろ！　ここは俺の店だ。子供がでしゃばるな！

結局、父はいつもどおりの料理を出した。その日、本当に調査員が訪れていたのかは分からない。

確かなことはふたつだ。

翌年のミシュランガイドに、父の店は載らなかった。

そしてその後、世界的に流行したある病の影響を受けてレストランの売上は低迷し、父は店を畳み、自殺した。

一人娘を――「彼女」を道連れにして。

自死の直前、父は「彼女」に土下座をして謝罪した。

すまなかった。お前の言うとおりだった。あのとき、あの日、メニューを変えていれば。

何もかもが空《むな》しい仮定だ。ミシュランの調査員が訪れていたことも、メニューを変えていれば星が取れたということも、星が取れていればこんな事態に陥らなかったということも。

きっと父はもう正気ではなかったのだ。

ただ、真っ赤な血に濡《ぬ》れたシェフナイフを手にした父を見ながら「彼女」は、あの日の父の選択は、本当に間違っていたのだろうかと考えていた。

†

それがサーシャ・レイクサイドのオリジンだ。

そういう話を、サーシャは、キルシュに語った。今まで誰にも話したことのない、自らの「前世」を。

キルシュは、誠実にすべてを聞き終えた後、静かに言った。

「今のサーシャさんは、どう思うんですか？」

それは、前世がどうとか、異世界がどうとか、そういう当たり前の疑問をすべてすっ飛ばした質問だった。

「……分かりません」

冷たくて硬い、厨房《ちゆうぼう》の床に座り込む。下半身から冷気が伝わり、心まで冷やしていくようだった。

「結果がすべてです。父は失敗して店を潰しました。なら、間違っていたんじゃないですか」

「でも、そうは思ってない」

「……そんなことは」

キルシュはしゃがみ込み、サーシャの隣に座り込んだ。肩同士が触れて、体温が伝わる。

「その割には、さっきの人の言葉、効いてるみたいですけど」

「……うっせぇですね」

どうして、前世のことを。父のことを、話してしまったのだろう。これまで誰にも言わず、隠してきたのに。この傷だけは、誰にも見せるつもりなんてなかったのに。

キルシュの手が伸びて、サーシャの手の甲を包んだ。凍えた指先が、柔らかな熱で溶けていく。

「あたしも、料理は、食べてくれる人のために作るものだって。そう思います」

でも、とキルシュが言った。

穏やかで温かい、春風みたいな声だった。

「そう思えたのは、サーシャさんがいたからです」

——ああ。

すとん、と胃袋に何かが落ちた。

きっと、ずっと、誰かに言ってほしかったんだ。

あの日の父さんの言葉は、間違いなんかじゃないって。

最後は、どうしようもなく誤ってしまったけれど。恐怖や、嫌悪は消えないけれど。それでもなお、かつて「私」が憧れた人には、素晴らしい料理人であった季節《とき》があるのだと。

誰かに認めてほしかったんだ。

シェフ・コートの袖で乱暴に目元を擦《こす》って、サーシャは顔を上げた。

「……カブナ。油多めで、揚げ焼きにしましょう」

「はい」

「小麦粉も軽く叩《はた》いて。煮込まず、最後に添える感じで」

「はい」

その返事を最後に、沈黙の帳《とばり》が降りた。どちらも立ち上がろうとせず、雨の日の子猫みたいに体温を交換し合うだけの時間が過ぎていく。

やがてキルシュの頭が、こてんとサーシャの肩に乗った。

「帰っちゃうんですね」

それは質問ではなく、寂寞《せきばく》を込めた断定だった。

本当は、まだ、決めかねていた。

副料理長として扱ってくれたベックには恩があり、宮廷厨房には未練がある。思う存分、満たされた環境で自分の力を振るいたいと、そう思う気持ちは消えない。消しようがない。

でも。

恩義も未練も、宮廷だけにあるものじゃない。

何より、サーシャ・レイクサイドに足りないものを、キルシュ・ローウッドは持っているような気がする。

サーシャは、首を横に振った。

「帰りませんよ。私抜きで、収穫祭、どうするんですか」

「あたしが何とかします」

「おばか。収穫祭で終わりじゃないんですよ。その後お店開いて、メニューを増やして、人も雇うんです。キルシュさん一人じゃ、どうせまたすぐに騙《だま》されますよ」

「大丈夫ですってば！　た、たぶん」

「シチューとスープとクレープしか作れないくせに」

「他にも、サーシャさんが沢山教えてくれたじゃないですか。野菜の目利きとか、美味《おい》しい朝ごはんの作り方とか」

「まだまだです、何もかも。だから、私がついてないと」

「大丈夫です。きっと、大丈夫」

キルシュの亜麻色の髪が、サーシャの頬に擦り付けられた。つむじの辺りから、木に生《な》った果物みたいな甘い匂いがする。

「……だから、行ってください。あなたの。サーシャさんの、いるべき場所へ」

重ねた手に力が籠もる。少しだけ硬い指先から、温かな熱が伝わってくる。

キルシュのばか。そう思った。後腐れなく送り出したいなら、そんな引き攣《つ》った笑顔なんかじゃなくて、もうちょっとちゃんと笑え。

つんとする鼻の痛みを堪《こら》えて、ありったけの力で手のひらを握り返した。

今にも泣き出しそうな笑顔で、けれどはっきりと、相棒だった少女が宣言した。

「星は、私が集めてみせますから」

†

そしてサーシャは、元々住んでいたアパルトメントの一角に出戻った。

引っ越しのときに持ってきた調理器具は、そのままキルシュに譲り渡すことにした。どの道、今のサーシャにとっては荷物でしかないし、やっぱり売り飛ばすのは気が咎《とが》める。

「あの。これ、ホントに貰《もら》っちゃっていいんですか？」

「私が持ってても意味ないですからね」

刃の擦り減ったシェフナイフを宝物みたいに抱きしめたキルシュの姿を見て、まあ相棒も本望だろうと思うことにした。

「踊る月輪亭」を出て、久しぶりの一人部屋に戻ると、見慣れた空間がやけに広く感じられた。

水火精式の浴槽がない秋の夜がこんなにも寒々しいことを、サーシャはすっかり忘れていた。

それでも朝は来る。

身支度を済ませて、部屋を出た。宮廷へ向かう道すがら、秋の朝のキンと冷えた空気が肺に満ちていく。

通用門を警備する衛兵は、サーシャの顔を覚えていた。軽く挨拶を交わして、中に入る。久しぶりに歩く大理石の床は、背の高いステンドグラスから差し込む朝日を受けて、眩《まばゆ》く輝いていた。

厨房に近づくと、賑《にぎ》やかな喧騒《けんそう》が聞こえた。朝は仕込みの時間だ。幾翅《し》もの精霊へ矢継ぎ早に指示を飛ばす精霊使《せいれいし》の圧縮言語、リズミカルな包丁の音、飛び交う罵声と冗句。

さほど長い期間離れていたわけでもないのに、不思議なほど懐かしい。

「た、たのもー……」

どういうテンションで割って入ればいいのか分からなくなったサーシャは、小声でそう言って厨房に入った。

油の匂いが鼻先を掠《かす》める。

厨房で忙《せわ》しなく動いていた全員の視線が、一斉にこちらを向いた。一部の鍋を振るう者を除いて、誰も彼もが手を止めている。

背中に冷や汗が伝う。何か言うべきだろうか？　でも、何を？

魚料理担当のマルシュが、刃先の長い包丁をまな板に置き、エプロンで手を拭いながら歩み出た。ニヤリと笑う。

「今日はライギョのいいやつが入ってますよ、サーシャ副料理長」

その一言を皮切りに、皆が一斉にサーシャを取り囲んだ。

「金毛豚のロースが手に入りました。熟成も頃合いです。ローストが最高ですが、蒸すのも悪くない」

「野菜も一番いいのを契約先から仕入れてます」

「葡萄《ぶどう》酒も蒸留酒もばっちりです！」

「あ……」

言葉が詰まる。戻ってきた、という気がした。光の当たる場所へ。サーシャ・レイクサイドの居場所へ。

「さあ、今日の献立を決めてください。副料理長」

サントスが進み出て、サーシャに告げた。

「ええ、では――」

まるで自分のものではないみたいに、滑らかに口が動く。総料理長の代理として、サーシャは次々と指示を出していった。

賄いの時間になると、必然、話題の中心はサーシャになった。今までどこで何をしていたのか。聞けば、わざわざ「山海楼」や「天球の廻転亭《かいてん》」まで様子を見に足を運んだ者もいるらしい。

「屋台でクレープとかスープを売ってました」

サーシャがそう答えると、さざ波のような笑いが沸き起こった。なんと、屋台だとよ。天下の副料理長が。

サーシャも笑った。きっと以前の自分が同じ話を聞いたなら、同じように小馬鹿にしたのだろう。だから、別に構わない。

「悪くなかったですよ、屋台も」

それが心からの本音であることは、サーシャだけが知っていればいいことだった。

†

その日の仕事を終え、火精たちが眠りについたことを確認して厨房を出たところで、メイヤと遭遇した。偶然ではなく、彼女はサーシャを待ち受けていたようだった。誰かしらを通して、復帰の情報を手に入れたのだろう。サーシャの知る限り、宮廷の中の出来事について、彼女は他の誰よりも耳が早い。

「ちょっと来て」

メイヤはそれ以上何も言わず、サーシャを人気《ひとけ》のない食料倉庫へと連れ込んだ。

「あの、何ですか？　愛の告白はちょっと、メイヤのことは友達としか思えないっていうか」

「何で戻ってきたのよ」

メイヤの手のひらが、土壁を叩《たた》いた。またしても壁際に押しつけられながら、サーシャは口を尖《とが》らせる。早く戻ってこいと牽制《けんせい》してきたのは自分自身のくせに、何を怒っているんだ、こいつは。

「ベック料理長に頼まれたんですよ。あの人、今療養中じゃないですか」

「総料理長が？」

メイヤは自身の身体《からだ》と壁でサーシャを挟み込んだまま、黒い目を伏せて何事かを考え始めた。何かコロンを使っているのか、白い襟首と肌の間から、柑橘《かんきつ》系の爽やかな匂いがする。

「……そういうことか」

宮中の密偵は何かを納得したように頷《うなず》き、ようやく手を下ろした。サーシャは詰めていた息を吐き出して、土埃《つちぼこり》に汚れた背中を払った。

「あの、もう帰っていいですか？」

「駄目。もう少し付き合って」

そしてメイヤは言った。

「これからミリアガルデ殿下に会ってもらうわ。そのほうが話が早い」


グランベル宮廷は不夜城だ。

宮中の廊下には無数のランタンが掲げられていて、それらはすべて、光精たちの住処《すみか》になっている。日の入りから日の出まで、彼らは煌々《こうこう》と夜を照らし続ける。

掃除夫やハウスメイドたちが行き交う廊下を、サーシャとメイヤは並んで歩いていた。

ミリアガルデ第三王女の寝室は、コの字形をした宮廷の端にある。

こちらのペースを無視してどんどん先へ進んでいくメイドに不満を抱きつつ、サーシャは彼女に尋ねた。

「話って、なんのことです？」

「王弟派の動きについて」

「私に関係あります？　それ」

「私もないと思ってた。でも、違うかもしれない」

それ以上、メイヤは何も答えてくれなかった。冷徹な視線が、さりげなく周囲を探っている。ふと気づいた。彼女のような、メイドや雑役に紛れた密偵が耳をそばだてていないとは限らない。

やがてメイヤは、ある扉の前で立ち止まった。ドアノブに天馬《ペガサス》の意匠が施された、豪奢《ごうしゃ》な扉だ。

脇には、細剣を下げた女性が直立している。

貴族の子女たちから選抜された近衛《このえ》騎士だ。王族の護衛が任務で、特別に宮廷内での帯剣を許可されている。さすがに鎧兜《よろいかぶと》は身に着けておらず、着ているのは騎士の礼服だけれど。

「陰険メイドがこんな時間に何の用？」

歳《とし》は、サーシャたちと同じくらいだろうか。つんと尖った視線が、メイヤに向く。

「姫殿下はもうお休みよ。いくらお気に入りのアンタでも、」

「『紅《あか》い薔薇《ばら》の交換に参りました』」

その一言で、少女騎士の顔色が変わった。

二人にその場で待つように告げて、部屋の中へ入っていく。

ややあって出てきた彼女は、いかにも不本意そうな顔で、サーシャたちに部屋へ入るよう促した。

「……なんですか、今の」

「姫殿下が決めた、緊急時用の符牒《ふちょう》。内容は三日おきに変わるわ」

「それ絶対タダの趣味ですよね。あの人、メイヤのこと知ってたみたいですし」

「まあね」

メイヤが苦笑した。妹の悪戯《いたずら》に付き合う、姉のような表情だった。

ソファや応接用のテーブルがある居室を通り抜けて、寝室のドアをノックする。どうぞ。扉越しに、まだ幼く甘やかな声が返ってきた。メイヤが扉を開ける。

「お久しぶりだわ、サーシャお姉様」

ミリアガルデ第三王女は、薄い夜着だけを羽織ったしどけない姿で、天幕付きのベッドに座り込んでいた。刺繍《ししゅう》の施された絹の衣服から、剥《む》き出《だ》しの肩が覗《のぞ》く。鎖骨へと続くラインは、いかにも華奢《きゃしゃ》で頼りない。

サーシャは絨毯《じゅうたん》に片膝をついて、握った右手を心臓の辺りに置いた。

「ご機嫌麗しゅうございます、ミリアガルデ殿下」

「もーっ、お姉様のいじわる！　人目がないときは堅苦しくしないで。ミリアでいいって、何度も言ってるでしょ？」

ミリアガルデ第三王女は御歳十四歳。サーシャよりも年下だ。理知的なスミレ色の瞳とは裏腹に、ふくふくと膨れる頬はいかにもまだあどけない。

「じゃあミリア。今日の晩餐《ばんさん》はいかがでしたか？　ポークチョップと茸《きのこ》のリゾットがいい出来でしたけど」

「美味《おい》しかった！　いつも美味しいけれど、今日のは格別。お姉様が戻ってきてくれたからだわ」

実を言うと、今日は彼女の皿だけ味付けを変えるよう指示を出している。ちょっと蜂蜜を多めにした。サーシャなりに学んだ成果だ。

「それで、メイヤ？　こんな時間にレディの部屋に立ち入ってまで、したい話があるのよね？」

「はい。ベック総料理長の件で」

ベック？　サーシャは内心で首を傾《かし》げた。どうして王弟派の話で総料理長の名前が出てくるのだろう。

「総料理長は、サーシャに代理の料理長を頼んだそうです。そうなるとやはり」

「身内を疑っている？」

「おそらくは。ですが確証がないので念のため、という感じですかね」

「なるほどね」

何の話だろう。

ミリアガルデが、丸く小さな顎に指を当てた。

「お姉様。ベック総料理長から、何か聞いてない？」

「いや、特には。強いて言えば、今は他の奴《やつ》には任せられないとか何とか……」

およそ淑女らしからぬ仕草で、王女の指がぱちんと鳴った。

「それ。そういうことね。何しろサーシャお姉様はあのとき、宮廷に居なかったもの。確かに貴女《あなた》が一番信用できる」

「はあ。え、いやこれ何の話です？」

混乱するサーシャに、メイヤが補足した。

「ベック総料理長の怪我《けが》。本人は『階段で転んだ』って言っているけど、どうも誰かに突き落とされたらしいの」

「えっ？」

そんなこと、ベックは一言も口にしなかった。突き落とされた？　本当に？

「ここからが本題よ」

メイヤが咳払《せきばら》いをした。

「ベック総料理長の事故と王弟派の不穏な動き。そしてサーシャに刻まれた『料理人殺し』の烙印《らくいん》。これらはすべて、同じ線で繋《つな》がっていると考えます」

そうして第三王女の懐刀は、滔々《とうとう》と自らの推理を語り始めた。

†

キルシュの試行錯誤は続いていた。

ベースとなるレシピは、サーシャが残してくれている。これまでの日々で、頭の中に刻み付けてもいる。

ただ、それでも課題は山のようにあった。

店の宣伝と準備。食材の目利きと調達。そして何より、サーシャなしで、レシピどおりのシチューを作れるようにならなくてはいけない。

「それが一番、難しいんだけどね……」

レシピが手元にあっても、簡単なことではなかった。隣で事細かに指示を出しながら、逐一火加減と味付けを調整してくれたサーシャの的確さが身に染みる。

「すごいなぁ、サーシャさんは」

シチューだけじゃない。

朝食のバゲットをちぎり、テールスープに浸して食べる。硬いパンに染み込んだルクルクの滋味は、胃袋を通して全身へ染み渡るようだ。しみじみと美味しい。

このスープだって、キルシュ一人だったら、百年経《た》っても作れなかっただろう。

あの小さな身体で、一体どれだけの間、厨房《ちゆうぼう》で包丁を振るってきたのか。今なら、キルシュにもよく分かる。努力を重ねた今だからこそ、見えるものがある。

だから。

頑張らないと。そう思う。

約束したのだ。星を集めると。ここで失敗しようものなら、きっと彼女は後悔する。前の店に戻ったことを、過ちだったと責めてしまう。

だから、キルシュは星を集めなくてはいけない。そのために、今、やれることをやるのだ。

頬を叩き、決意を込めてがしがし食器を洗っていたときだった。

「サーシャ、いるー？」

カラカラと、ドアベルが鳴った。

不意の来客は、何かの毛皮をなめして作ったコートを着て、凛然《りんぜん》と仁王立ちしていた。

目鼻立ちのはっきりした、勝ち気そうな顔に見覚えがある。

確か、サーシャの友達の。

キッチンから現れたキルシュを見て、彼女は優雅に微笑《ほほえ》んだ。

「あら、キルシュさん。こんにちは」

「こんにちは。えっと……あ。アーシェさん、ですよね」

市場での記憶を手繰り寄せながら、どうにか名前を引っ張り出す。どうやってこの店の場所を知ったのだろうと一瞬疑問に思い、すぐに気づいた。屋台を出して宣伝しているのだから、何も不思議なことはない。

「いかにもアーシェリアよ。屋台、順調みたいね。それでサーシャは？　ここにいるのよね？」

キルシュはそっと首を横に振った。彼女はもう、ここにはいない。きっと、戻ってくることもない。

「サーシャさんは、その。以前のお店に戻りました。上司？　の方がいらっしゃって」

「は？」

アーシェリアが、薄氷色《アイスブルー》の目を見開いて固まった。

「え、あの子復帰したの？　手の烙印は？　『料理人殺し』は？」

「そのままですけど」

「へえええ。ってことは、よっぽど宮廷で上手《うま》くやってたのね。随分信頼されちゃって。今更、まさか皿洗いってこともないでしょうし。ふん。ふぅぅうん。ああそう。なによ、もう」

ふすふすと鼻息を荒く、拗《す》ねた口振りで床を蹴る。はて。キルシュは首を傾げた。

今、不思議な単語が混じっていたような。

「宮廷？　えと。サーシャさんは、元の厨房に戻っただけですけど」

「だから宮廷厨房でしょ？　あの子は元宮廷料理人。それも、ソース担当《ソーシエ》兼任の副料理長《スーシェフ》だもの」

「……はい？」

「知らなかったの？」

キルシュはひととき言葉を失い、然《しか》るのちに絶叫した。

「うえええぇぇぇっ!?」

「え、嘘《うそ》。ほんとに知らなかったの⁉」

「ぜ、全然知らなかったです……すごい人だなぁ、とは思ってましたけど……」

いくら何でもそこまでとは思っていなかった。

あの年齢で宮廷料理人。というだけでも尋常ではないのに、まさかの副料理長。そんなことがあるのか？　でも、アーシェリアが冗談を言っているようには見えない。

口元を手で覆って、アーシェリアが目をぱちぱちさせた。

「い、言っちゃ不味《まず》かったかしら。……大丈夫よね？」

「だと、思います、けど」

聞かれても困る。

動揺が収まらないまま、キルシュはとりあえず紅茶を淹《い》れた。

「粗茶ですが……」

「ありがとう。座ったら？」

ちょうど、そろそろ休憩を挟もうと思っていたところだ。自分用のカップを用意して、向かいの席に腰掛けた。

「あの。アーシェさんって、サーシャさんのお友達なんですよね」

折角の機会だ。サーシャの話を聞いてみたかった。もう今更かもしれないけれど、それでも。

「――お友達、ね」

何故《なぜ》か、アーシェリアは微妙な顔をした。

「まあ、幼馴染《おさななじみ》ではあるわね。あいつのことなら、まだ背がこのテーブルより低かった頃から知ってるもの」

となると、五、六年以上前からの付き合いだろうか。今よりもずっと小さなサーシャ。その姿を想像すると、なんだか唇が綻んでしまいそうだ。さぞかし可愛《かわい》かったことだろう。

「初めて会ったときは、何かの冗談かと思ったわ。どう見てもわたくしと同い年くらいの子供なのに、大人に交じって厨房で働いてるんだもの」

「そんな頃から？」

「そうよ。信じられないでしょう」

信じられないというか、あり得ない話だ。けれどサーシャが教えてくれた話が真実なら、子供時代の彼女が、大人顔負けの技術を持っていてもおかしくはない。

「わたくしは時々、それを遠くから眺めてた。十歳そこそこの女の子が、大人と一緒に働いてるんだから、そりゃ気になるわよね」

素っ気なさを装うアーシェリアの声には、どうしようもない憧憬《しょうけい》が滲《にじ》み出《で》ていた。淡い色の瞳が、過去を懐かしむように細くなる。

「あんまり見ていたものだから、サーシャに気づかれちゃってね。何を勘違いしたのか、こっそりオムライスを作ってくれたの。あれ、美味しかったな。それで仲良くなったわ。単純よね、子供って」

「ふふ。サーシャさんのオムライスなら、無理もないと思います」

キルシュはサーシャの手料理を食べたことがない。それでも分かる。きっと、さぞかし美味しかったことだろう。

「——でも、宮廷料理人になるとか言って、出ていった。店も、わたくしも捨てて」

長く艶やかな睫毛《まつげ》を伏せて、アーシェリアは吐き捨てるように言った。

「結局、あの子は自分の料理にしか興味がないのよ」

「……そんなこと、ないです！」

キルシュは思わず身を乗り出していた。予想外の反論に、アーシェリアが固まる。

キルシュの脳裏には、これまでの日々が浮かんでいた。銀髪の少女と一緒に、厨房に立ち続けた日々が。惜しみなく知識と技術を教えてくれた、先生のような友達の姿が。

自分の料理にしか興味がない？

そんなこと。

「そんなこと、ないです！　サーシャさんは、あたしに色んなことを教えてくれました。食材の目利きも、大切なレシピも。料理が大好きなのはそうですけど、だけどそんな、そんな、冷たい人みたいに言わないでください……」

「……へえ」

商品の価値を見定めるかのように、アーシェリアの瞳が鋭さを増した。握り拳を作ったキルシュの、頭の天辺《てっぺん》からつま先までを視線でなぞって、ぼそっと呟《つぶや》く。

「姫殿下の次は町娘とか節操がないにも程があるでしょあのクソタラシ女」

「はい?」

「ごめんなさい、何でもないわ。さっきの言葉は取り消します」

アーシェリアは、残っていた紅茶を一息に飲み干した。どこか上機嫌そうに、キルシュへと微笑みかける。

「キルシュさんお一人で、星集めに挑戦するの?」

「はい。サーシャさんが、レシピを残してくれましたから」

「へえ。見せてもらってもいいかしら。誓って口外はしないから」

レシピは料理人の生命線。そうサーシャは言っていた。けれど、サーシャの幼馴染であるこの人を疑う気にはなれない。

キルシュは、エプロンドレスのポケットから、四つ折りの紙を取り出した。

「……なるほど。面白い食材を選んだわね。ワイバーン・テールか……」

「はい。出入りの仲買人さんが大量に仕入れてて」

「ということは、シュバの葉を使うのよね?」

「え? ああ、はい。毒消しに」

「まだ在庫はある? 買い足しておいたほうがいいわよ。今、どこの店も品薄気味だから」

初耳の情報だった。

「そうなんですか?」

「医療施設が買い込んだみたいね。ちょっと前にあった、ワイバーン騒ぎの影響だと思うわ」

そういえば、シュバの葉は外傷で受けた毒の治療にも使われるとサーシャが言っていた。慌てて、昨晩確認した棚の在庫を思い出す。

確か、買い込んでいた葉は五枚もなかったはず。

ここまで来て、食材不足なんて冗談じゃない。キルシュは慌てて立ち上がる。

「か、買ってきます！」

「それがいいわね。わたくしも行っていい？　ちょうど、市場の様子を見ておきたかったの」

そういうわけで、二人で市場へ出掛けることになった。

必然的に、道すがらの話題はサーシャのことになる。

アーシェリアは、ことサーシャの話となると饒舌《じょうぜつ》だった。親近感と、ほんの少しだけ妬《ねた》みを抱きながら、キルシュは微笑んで言う。

「やっぱり、仲、良いんですね」

「別に⁉　幼馴染の義理があるだけよ！」

むくれて手を振る仕草が可愛らしい。キルシュの視線にからかうような意図を感じたのか、アーシェリアはついと顔を逸《そ》らして、軒を並べる店舗の一角に視線を投げた。

「で、買うのはシュバの葉だけでいいの？」

「ルクルクもです。ちょうど切らしちゃって」

「ああそう。ルクルクなら――」

市場を見るため、と言いつつ、実際は水先案内のためについてきたらしい。気の強そうな見た目とは裏腹に、優しい人だ。サーシャの不在を知って、手を貸そうと思ってくれたのだろうか。

案内された店で新鮮そうなルクルクを手に取ると、「ちゃんと目利きもできるのね」と褒められた。

やっぱり、良い人だ。我ながら単純だけれど、この直感は当たっている気がする。

手提げ袋いっぱいのルクルクを買った後、二手に分かれて、キルシュは香草の店を訪ねた。アーシェリアの懸念は当たっていて、ほとんど店でシュバの葉は品切れだった。

幸い、最後に立ち寄った店には、まだ少しだけ在庫があった。残っていた葉をすべて購入し、薬草店から出て一息つく。

ふと、背後から切迫した声が聞こえた。

「なあ、何とかならないか？」

「だから、今のお嬢さんに売ったやつで最後だよ」

「あの葉がないと困るんだよ。神饌会《しんせんかい》に出すレシピに必要なんだ」

「そう言われてもなぁ。おたくの事情は知らないよ。次の入荷は早くて十日後だ」

「それじゃ間に合わない！　一枚でいいんだ。なあ、どうにか――」

話の内容から、察するものがあった。

袋から乾燥した葉を取り出して、言い争う二人に近づく。

「あ、あの、もしよければお譲りしましょうか？　シュバの葉ですよね？」

振り返った男は、腕が太く、人好きのする赤ら顔をしていた。

「――や、本当かい。助かるなぁ」

男はいそいそと財布から銀貨を取り出して、キルシュに差し出した。シュバの葉一枚に銀貨は高過ぎる。断ろうとすると、「いいからいいから」と押し付けられた。

男は発言どおり、葉を一枚だけ受け取って、そそくさとその場を立ち去った。

先ほど彼は、神饌会でシュバの葉が必要だと言っていた。

ということは、今年の神饌会にはワイバーンの尾が使われるのだろうか。

神饌会で振る舞われるのは、腕自慢の宮廷料理人たちが自らの知識と経験を総動員して作る、夢のフルコースだという。

見たこともないくらい広くて綺麗《きれい》な厨房《ちゆうぼう》で、幾人もの料理人たちへ指示を飛ばす、真っ白なシェフ・コートの背が目に浮かんだ。

「……サーシャさん」

ちくりと疼《うず》く心臓を押さえつけるように、キルシュは左胸に手を当てる。

これでいい。これでよかった、はずだ。

そばにいてくれなくたっていい。どうか相応《ふさわ》しい場所で、輝いてくれたらいい。

レシピその5　カリン羊のブラウンシチュー

そして、収穫祭の朝が来た。

吐く息が白く煙るような、キンと空気の冷たい朝だった。

キルシュは身支度を整えて、「踊る月輪亭」のキッチンへ向かった。昨日一日かけて仕込んだ出し汁《フォン》の寸胴《ずんどう》鍋に匙《さじ》を入れて、味の具合を確かめる。ひとつ頷《うなず》いて、竈《かまど》の火精に声を掛ける。

『朝だよ。起きて』

暗い竈の奥で、パチパチとオレンジ色の火花が散った。

精霊語の語彙《ごい》が増えたのは、サーシャに教わったからだ。今は、簡単な単語なら五十は知っている。

冷蔵庫を開けて、リタが持ってきたカリン羊の肉を取り出す。一人で出迎えたキルシュを見て、凛々《りり》しい仲買人は「君なら大丈夫だよ」と微笑《ほほえ》んだ。「ちゃんと、料理人の顔をしている」とも。

たとえリップサービスだとしても気が利いている。少しだけ、気持ちが軽くなった。

内臓の下ごしらえは済んでいる。あとは、常温に戻して煮込むだけだ。

年季が入って刃が擦り減った、けれどぴかぴかのシェフナイフを手に、ルクルクを刻む。白い筋が入った上物の実は、爽やかな青葉に似た匂いがした。

大鍋に油を敷いて、刻んだ大量のルクルクを火にかける。

木ベラを持つ手は止めないままに、キルシュは顔を上げて壁を見た。

正しくは、そこにピンで留めた一枚の紙を見た。

サーシャが残した、最後のレシピを。

材料も手順も、すべて頭に入っている。けれど、あえて目につく場所へ貼り付けたのは、言ってみればおまじないだ。

少し右肩上がりの文字を見ていると、声さえ聞こえてくるようだった。

『ルクルクを炒《いた》めるときは、きちんと水気が飛ぶまで待つんです。じっくりと、けして焦らずに』

幻想の副料理長は、いつだってキルシュの傍らにいて、真摯な目で鍋を見下ろしていた。

『そうすれば、必ず美味《おい》しくなりますから。時間をかければ、必ず』

「……はい」

キルシュは木ベラを返して、煮溶けた赤い実をかき混ぜる。丁寧に、焦がさないように。

「はい、サーシャさん」

小さく洟を啜《すす》って、キルシュは最後の準備を終えた。


収穫祭は正午の鐘と共に始まる。

キルシュは大鍋を屋台に載せて、王都の中央広場へと運び込んだ。

中心に大噴水を据えた広場は、無数の幟《のぼり》や庇《ひさし》で彩られている。屋台の屋根と屋根の間を、カラフルな傘やリボンが繋《つな》いで、華やかな祭りの一日を演出していた。

屋台を置く場所は、あらかじめギルドから通達されている。一等地とは言えないが、それを言ったらほとんどの店がそうだ。

大鐘楼が祭りの開始を告げるまで、後少し。

火精の様子を確かめたり、ピカピカの器をさらに磨いたりしていると、ふらりとアーシェリアがやってきた。波打つ蜂蜜色の髪が、朝日を浴びて賑《にぎ》やかに煌《きら》めく。

「調子はどう？」

確信した。この人、やっぱり良い人だ。気にかけてくれている。

「やれるだけのことは」

「そう。負けないわよ。頑張ってね」

……負けないわよ？　彼女もどこかの出店を手伝うのだろうか？

アーシェリアは、妙に色々な店の名物に詳しかった。あの店の看板料理は何で、その店はコレが美味しい、魚料理ならここで野菜は向こう、と頼む前から教えてくれる。気が強くて世話焼きで、まるでお姉さんのようだ。

「やあ、どうも。キルシュさん」

支度をしていると、一つ結びに髪を括《くく》った、羽根つき帽の麗人が近づいてきた。

「随分といい匂いをさせているね」

「リタさん！」

振り返ったアーシェリアが、あら、と相好《そうごう》を崩した。

「スノーマンさん？」

「おや、これはこれは。奇遇ですね。こんなところでお得意様に出会うとは」

やっぱりどこかの店の関係者なのだろうか。なにやら商売関係の話を始めてしまった二人に、何だか置いていかれたような気分になる。

「そういえば、お陰様でよく売れたよ。ワイバーン」

所在なげなキルシュの様子を察したのか、リタが話を振ってきた。

「今回は、あの低温調理を真似《まね》た料理を出す店もあるんじゃないかな」

「そうなんですね」

正直に言えば、ちょっとだけ悔しい。けれど、仕入れが無駄にならなくてよかった。

ふと、サーシャの顔が浮かんだ。総料理長が不在の今、神饌会の献立は、副料理長である彼女が決めたはず。

もしかしたら、リタから仕入れたワイバーンを使うかもしれない。

そう思って尋ねると、アーシェリアが首を横に振った。

「それはないわね。神饌会ではワイバーンはご法度よ」

「え、そうなんですか？」

「グランベル王国の象徴だもの。ほら、王家の紋章にもなってるじゃない？」

アーシェリアは市場の至る所に掲げられた、大小様々な王国旗のひとつを示した。双頭のワイバーン。二十世代も前から、グランベル王家が掲げている紋章だ。

「だから王族はワイバーンの肉を口にしないの。特に今日は、王国を守護する空の女神に感謝を捧《ささ》げる日。双頭のワイバーンは女神の化身で、普通のワイバーンはその侍従よ。だから、間違っても神饌会には使われない」

「へえ、そうなんだ」

リタが目を丸くした。「それは知らなかった」

「宮廷内のルールだもの。普通は知らないでしょうね」

ふと、キルシュの脳裏に過《よぎ》るものがあった。

あれ？　じゃあ、あの人は、どうしてシュバの葉を買ったんだ？

「……アーシェさん」

「なに？」

「シュバの葉って、ワイバーン・テールの解毒以外に、使い道ってありますか？」

「シュバの葉？　あれは毒素があるし、雑味の原因になるもの。毒消し以外で料理には使わないわよ」

「ですよね……」

そうだ。サーシャからも聞いたことがある。では、何故《なぜ》？

シュバの葉の、もう一つの使い道は——毒だ。一定時間以上、シュバの葉を煮出した湯は、毒になる。

考え過ぎだろうか？

サーシャも、健康な人間なら大きな問題にはならないと言っていた。

健康な人間なら。

なら、病人の場合は？

例えば。

例えば、内臓の病を患っている国王陛下が、シュバの毒を口にしたらどうなる？

キルシュの心臓が早鐘のように脈を打ち始めた。そんなわけがないと思う一方で、もしかしたら、という思考が止まらない。

正午が近づいてくる。もう間もなく、収穫祭が始まる。

思考に囚《とら》われているうちに、アーシェリアとリタは姿を消していた。

キルシュは屋台の携帯竈に火を入れた。たっぷりのシチューが入った寸胴鍋をかき混ぜる。

けれど、あの白っぽい葉のことが頭から離れない。

どうする――なんて、どうしようもない。今ここで、店を離れるわけにはいかないのだから。

きっと大丈夫だ。国王陛下の毒殺なんて大それたことが、そう簡単に起きるはずがない。そんなことが、成功するはずがない。

何より今は、「踊る月輪亭」の瀬戸際なのだ。この収穫祭で星を集めて、ガナードに店の存続を認めさせないと。

そのために頑張ってきたんじゃないか。

でも。

サーシャが。

そのことに思い当たった瞬間、心臓が凍り付いた。

そうだ、サーシャ。神饌会《しんせん》で万が一のことがあれば、副料理長である彼女はどうなる？　今度こそ厨房をクビになる？

違う。それだけで済む問題じゃない。今の彼女は、厨房の責任者だ。王の食事に毒が紛れていたなんてことになれば、国外追放か、それこそ死罪を賜ってもおかしくない。

死ぬ。サーシャが。

想像しただけで、全身から血の気が引いた。

今ならまだ、どうにかなるかもしれない。

神饌会は宮廷前の広場で行われる。今から急いで走って、誰かにキルシュが目撃した内容を伝えれば。そうすれば、宮廷には毒物に詳しい薬師だっている。きっと、どうにかなるはずだ。

でも。

祭りの開始直後、ランチタイムは一番のかき入れどきだ。今ここを離れたら、星集めは絶望的だろう。今更、代わりの店番を見つけることもできやしない。

硬い唾を飲む。

ふたつにひとつだ。店か、サーシャか。

蒼天《そうてん》に、聖堂の鐘が鳴り響いた。

正午の鐘だ。広場前で待機していた住民たちが、どっと押し寄せてくる。

もう、悩んでいる時間はない。

拳をぎゅっと強く握りしめ、キルシュは決断した。

†

荘厳な鐘の音と共に、神饌会が始まった。

宮廷前の広場には、即席の、ただし充分に豪華な作りの食卓と、料理の熱を逃さないための携帯用竈、前菜を冷やしておく保冷庫が設《しつら》えられている。

先触れの喇叭《ラッパ》が鳴る。

宮廷料理人たちは、食卓の前にずらりと並び、一斉に膝をついた。

低い音を立てて、王城の正門が開く。

色鮮やかな服を纏《まと》った宮廷楽士たちが、弦や風琴で、あるいは自らの声でもって、空の女神を祝福する聖歌を奏でる。周囲を囲む衛兵たちが、槍《やり》を高々と掲げた。銀の刃《やいば》が、眩《まぶ》しい昼の光を反射する。

王族たちが姿を現した。

まずは、第一、第二王女と、その婿たる大貴族が。次いで王妃と王弟が席についた。

国王陛下は、ミリアガルデ第三王女の手を借りながら、ゆっくりと緋絨毯《ひじゅうたん》の道を歩き、一際背の高い椅子に腰掛けた。前回のお目見えより痩《や》せた頬を目にして、群衆の幾人かがため息をつく。

最後に着座したミリアガルデは、ちらりと一人の料理人に視線を向けた。スカーフで結んだ銀髪が、そよぐ風に揺れている。

彼女がそこにいるだけで、胸が弾むような心地がした。

お姉様は、どんな料理を用意したのだろう？

典礼を司る大臣が歩み出て、朗々とお決まりの口上を述べた。この神饌会の目的は今年の収穫を空の女神と国王陛下に感謝するためのもので云々《うんぬん》。

もちろん、王を含めて誰もこんな話を真面目《まじめ》に聞いてはいない。寄宿舎の訓話よろしく、早く終われと思っている。多分女神様もそうだろう。

少なくとも、ミリアガルデはこう考えている。

いいから早く終われ。そして、早くお姉様のご飯を食べさせて。

ミリアガルデは、両手を握り込むように重ねて、感謝の祈りを捧げるフリをしつつ、薄目を開けて周囲を覗《のぞ》き見《み》た。

竈《かまど》に置かれた寸胴《ずんどう》鍋が目に留まる。

中身は確か、三日三晩煮出したブイヨンを使ったポタージュだったはず。

うう。そんなの絶対に美味しい。

想像しただけで涎《よだれ》が湧いた。胃が催促してくる。下手《へた》をすると不躾《ぶしつけ》な音が出てしまいそうだ。

ようやく大臣の長口上が終わり、神饌会が始まった。

まずは前菜《アミューズ》からだ。均一にカットされた季節野菜と鮮魚のゼリー寄せ。前菜担当の料理人《アントルメティエ》のピカロが、国王から順に皿を並べていく。

大きな白磁の皿に盛られたアミューズは、まさしく芸術品だった。陽の光を浴びた透明なゼリーが、宝石みたいに煌めいている。

美しい形を崩さないよう、丁寧に銀のフォークで切り分けて、ぱくりと頂く。酢に漬けた魚の酸味と、野菜の自然な甘さが口の中で溶け合って、食べるほどにお腹《なか》が空《す》いていくみたいだ。

これ、自室で食べたら十秒だな。そう思いながら、ミリアガルデは完璧な作法と時間配分で前菜を食べ切った。

次はスープだ。

王族を前にして緊張しているのか、赤ら顔のボアジェが、太い指先を震わせながら寸胴鍋の蓋に手をかけた。

そのときだった。

衛兵たちの一角が、にわかに騒《ざわ》めき始めたのは。

†

「と、通してください！」

キルシュは衛兵の袖を掴《つか》んで、必死に訴えた。一言。たった一言でいい。サーシャに、伝えなくてはいけない。シュバの葉を買った男が、彼女の厨房《ちゆうぼう》にいることを。

杞憂《きゆう》かもしれない。考え過ぎだ、とも思う。

でも、もう誰にも、彼女の邪魔をさせたくない。

「いい加減にしなさい！」

鍛え上げられた衛兵の太い腕が、キルシュの肩を掴んだ。痛みに顔が歪む。正午の鐘は、とうに鳴ってしまった。神饌会は始まっている。もう時間がない。

いっそ、ここで大声を出すか？　駄目だ。この場所で叫んだとしても、きっと、人垣の向こうにいるサーシャの耳には届かない。

一呼吸の間に、キルシュは覚悟を決めた。腰につけた精霊瓶のコルクを捻《ひね》る。

『お願い、飛んで！』

薄荷色《はつかいろ》をした瓶の中から、竈の火精が飛び出した。衛兵の顔に飛びかかり、鼻先に火の粉を散らす。

「うわっ！」

堪《たま》らず、彼は手を放した。騒ぎを聞きつけて、周囲から衛兵が集まってくる。キルシュは身体を屈《かが》めて、楽士隊の間を縫うように駆け出した。

心臓が痛いほど高鳴っていた。神饌会の最中に、衛兵に精霊をけしかけたのだ。果たして何の罪に問われるだろう。暴行罪？　不敬罪？　ひょっとしたら、反逆罪かもしれない。

牢屋《ろうや》に叩《たた》き込《こ》まれるようなことになれば、「踊る月輪亭」の再起は絶望的だろう。

でも、いいや。

そう思った。

今の精霊語だって、サーシャから教わったものだ。野菜の目利きも、スープの灰汁《あく》の取り方も、料理の楽しさも――希望だって。

全部彼女に貰《もら》ったものだから、彼女のためなら、何もかも失ったって構わない。

国王陛下と王妃殿下と王女様と大貴族様の前を真《ま》っ直《す》ぐに横切って、キルシュは真っ白なシェフ・コートの胸元に飛び込んだ。

息も絶え絶えに、副料理長の耳元で囁《ささや》く。

「……赤ら顔の人が――」

琥珀色《こはくいろ》をしたサーシャの瞳が、大きく見開いた。

力尽きてその場にへたり込んだキルシュは、すぐ衛兵によって拘束された。

「ちょっと、やめてください！　その子は、」

制止しようと手を伸ばした瞬間、翠《みどり》の瞳がサーシャをひたと見つめた。

キルシュは、静かに首を横に振った。

そっと、握り込んだ拳を解く。

分かっている。順番が違う。今、私がすべきことは、彼女の無実を訴えることじゃない。

騒ぎ立てる周囲を無視して、サーシャはスープが入った寸胴鍋の前に立った。ボアジェが、赤ら顔に薄ら笑いを浮かべている。よくよく見れば、首筋に汗の玉が浮いていた。

サーシャは静かに言った。

「もう一度、味見をさせてください」

「副料理長？　先ほど確かめられたではないですか。毒味も済んでる。何を今更、」

あの女の子に何か言われたのですか。太い眉が寄って、眉間に皺《しわ》が刻まれた。

暗く沈むような目で、サーシャは繰り返した。

「念のためです」

「次はもうスープです。コースの進行に影響が――」


「いいからどけっつってんですよ！」


サーシャは、ボアジェの巨体を押《お》し退《の》けるようにして寸胴鍋の前に立った。呆然としていたマルシュが、ハッとしたように駆け寄り、ポタージュを小皿によそう。

受け取って、匂いを嗅いだ。異常はない。

口に含む。丁寧に裏漉《うらご》しされた芋の甘味。灰汁が出なくなるまで煮出された、根菜の甘み。子牛の大腿骨《だいたいこつ》をじっくり直火《じかび》で炙《あぶ》って、丹念に骨髄の旨味《うまみ》を煮出したブイヨン。完璧に調和されたポタージュスープ――に、思えた。

つい、さっきまでは。

「……うそ」

小皿が手から滑り落ちて、乾いた音を立てて割れた。

「何がです？　ほら、問題ないでしょう。これ以上はやめてください。陛下がお待ちです」

「ボアジェ」

「はい？」

「あなた、本当にシュバの葉を使いましたね。それも、六十秒以上煮出して」

青褪《あおざ》めたサーシャの言葉に、どう諍《いさか》いを止めようかと困惑していた他の料理人たちが、一斉に色めきたった。

シュバの葉。ワイバーン・テールの毒素を取り除く薬草であり、同時にシアン化合物——例えば青酸カリウム——に類似した成分を持つ毒草。生食、ないし煮詰めた液体は毒となり、心臓の痙攣《けいれん》を引き起こす。

「味の変化はごく微量です。煮出した量はごく僅か。この程度なら、本来、人体にさしたる影響はありません——食べる相手が、病を患ってでもいない限りは」

その場のほぼ全員が、卓についた国王を見た。心臓の病で床に臥《ふ》せがちな、痩せ細ったその姿を。

告発を受けたボアジェは、腕を組んで押し黙っていた。彼は何も言わなかった。

肯定も。

そして、否定も。

サーシャはピカロへ、ボアジェを衛兵に引き渡すよう伝え、全員に向けて叫んだ。

「……スープは飛ばします！　マルシェ、魚料理の準備‼」

†

フルコースが終わった後、サーシャは衛兵の詰所に飛び込んだ。

取り調べを受けていたキルシュの身分と事情を説明し、彼女が神饌《しんせん》会を妨害したテロリストではなく、国王の毒殺を阻止した善良な市民であることを理解させた頃には、すでに日は陰り、王都は真っ赤な夕暮れに染まっていた。

暮れなずむ大通りを、二人、並んで歩く。

気まずそうに、キルシュはサーシャの袖を引いた。

「あの、抜けてきて大丈夫なんですか。晩餐《ばんさん》会の準備とか……」

「ああ。その辺は全部中止です、中止」

あの後、薬師たちの検査により、ボアジェが用意したスープに毒物が含まれていることが証明された。

れっきとした王の暗殺未遂事件だ。宮廷は上を下への大騒ぎで、予定されていた夜の晩餐会はまるっと中止。普段どおりの食事を作る必要はあるが、その辺はすべてマルシェに託した。彼なら、なんとでもするだろう。

夕日を浴びて長く伸びる影を見遣り、キルシュがぽつりと呟《つぶや》いた。

「あの人、なんであんなことをしたんでしょうか……」

衛兵に縄を打たれた、ボアジェの言葉を思い出す。

『あんたには分かるまいよ。自力で星を掴めるあんたには』

両手首を縛られた年上の同僚は、怒りでも混乱もなく、静かな諦観を浮かべていた。

サーシャは重苦しいため息をついて、道端の石を蹴飛ばした。

分かるよ、ボアジェ。私だって、掴めなかった星があるんだ。

転がる石の行く先を見つめながら、サーシャはおもむろに口を開いた。

「メイヤによれば。今回の事件は、王弟殿下を信奉する過激派の仕業だそうです」

ミリアガルデ第三王女の居室で聞いた、メイヤの推理はこうだ。

まず王弟派は、地位なり金なりを使って厨房のスタッフ（結果、それはボアジェだったわけだが）を買収した。その上で、辺境伯の件を利用して副料理長のサーシャを追放した。

何故《なぜ》か？

理由は二つ。

ひとつ。サーシャは第三王女の派閥に属していて、過激派からすれば懐柔の手立てがない。

ふたつ。人を確実に死に至らしめるような毒は、基本的に強い臭いと特徴的な味を持つ。飛び抜けた味覚と嗅覚を持つサーシャが厨房にいる限り、国王の毒殺は難しい。

辺境伯の行動は、もしかすると、追放の口実を得るためのお芝居だったのかもしれない。だとすれば、まんまと飛び蹴りを繰り出したサーシャは、いいように操られたことになる。

ベック総料理長が階段から突き落とされたのも、おそらく同じ理由だ。特に国王陛下が口にする皿は、必ず総料理長がチェックする。サーシャの追放から期間が空いたのは、それだけ慎重にことを進めようとした証左だろう。

とにかく、その二人が居なくなれば、厨房はてんてこ舞いだ。

「そうすれば、あとは毒殺の機会をじっと待つだけ——の、はずでしたが、私が戻ってきてアテが外れたんでしょうね。だから強い毒物の使用を諦め、食用でもあるシュバの葉を使った」

「なるほど……」

頷《うなず》いたキルシュだが、すぐに首を横へ傾けた。

「でも、どうしてわざわざ神饌会の日に？　目立ちますよね？」

痛いところを突かれて、サーシャは苦虫を噛《か》んだような顔になった。

「……神饌会は、料理人にとっては、新レシピの発表会なんです。普段の料理は完璧に味を把握していますが、その、まあ、新作スープとなると……」

煮出したシュバは、僅かに苦く青臭い。ただ、注意していなければ、サーシャでも気づけない程度の苦味だ。

「メイヤから忠告はされていたんです。厨房の中に過激派の手先がいるかもしれない。毒を盛る可能性に注意しておけと。だがら、見抜けなかったのは私の手落ちですね」

きちんと毒味を済ませたことで、安心してしまった部分はある。シュバの葉は、健康な人間には害をなさない。

「まあ、そんなことよりですね」

サーシャは咳払《せきばら》いをして、じろりとキルシュを睨《ね》めつけた。エプロンドレスに包まれた細い肩が、ぴくりと震える。

「屋台はどうしたんですか屋台は」

「えへへ」

「えへへじゃないんですよ。ああもう、せめて誰かに店番頼むとかなんかしたんですよね？　したと言ってください、後生ですから」

「ほったらかして来ちゃいました……」

「おばか」

「はい」

「ばかばか」

「……はい」

「なにしてるんですか、ホントにもう……」

「サーシャさん。もしかして、泣いてます？」

「そんなわけないでしょうがばか。へっぽこ料理人。メシマズ女」

「メシ……？」

「気にしないでください」

サーシャはシェフ・コートの裾で目元を擦《こす》って、夕空を仰いだ。気の早い一番星が、東の空に輝いている。白い光は、手を伸ばせば掴《つか》めそうなくらいに明るい。

真っ直ぐ続く目抜き通りの先に、市場の喧騒《けんそう》が見えた。

果物を売る屋台の庇《ひさし》の下に、男がいかにも所在なげに突っ立っていた。

男の前には男がいて、そのまた前にも男がいた。

さらにその前には女が、その先には子供が。

途切れずに続く行列の先に、ひとつの屋台がある。

屋台の看板には、「踊る月輪亭」と記されていた。

サーシャとキルシュは目を合わせると、大慌てで駆け出した。


すぐに、調子の良い声が聞こえた。

「さあさあいらっしゃい、そこの道行くお嬢さん！　悪いことは言わないから、うちのシチューを食べてって！　マジで美味《うま》いんだぜ！　じっくり煮込んだ野菜とモツが入ってる。知ってるかい？美味いモツ肉ってのはぷるっぷるで肌にもいいの。それに甘ぁいカブナがたっぷりだから、食べるだけで腹の底からぐぐっと元気が湧いてくる。この一杯をスルーするなんて、絶対損だね！　これを食べずに帰るのは、王都に来て大聖堂に寄らずに帰るようなもんさ。ねえ、食べたくなった？よし、それなら並んで並んで――あれ？」

屋台の前で声を張り上げていた金髪の剣士が、サーシャたちを見つけて手を振った。

「やっと来た！　ちょっともう、遅いよ料理人さん！」

「本当に遅い。ストックが足りなくなるところ」

大弓を背負い、フードを被《かぶ》った女の子が、最前の客にお椀《わん》を差し出しながら、微《かす》かに笑った。

「でも、間に合った」

呆然《ぼうぜん》としながら、サーシャは見慣れた屋台に近づいた。湯気を立てる寸胴《ずんどう》鍋から、食欲をそそるいい匂いがする。見れば、魔術師のローブを来た眼鏡《めがね》の青年が、膝を土につけて竈《かまど》へ火を送り込んでいた。

金髪の剣士が言った。

「いやあ店を見に来たら誰もいなくってさあ。でもシチューはできてんじゃん。なんかめっちゃ美味《おい》しそうじゃん。俺ら料理はさっぱりだけど、火を熾《おこ》して皿に盛るくらいはできるじゃん。ここは恩を返すときだなってピンと来たわけ。最初はぽつぽつって感じだったんだけどさあ、屋台に来たお客さんたちが宣伝してくれたみたいでさぁ、ちょっと前からどんどん人が押し寄せてきて、もうてんやわんやなの。やばいね。列整理とかお勘定は俺らがやるからさ、追加のシチュー作ってくんない？　まだまだあるっしょ、時間はさ。てか俺らまだ食べてないのよ。昼からよ。やばいって。ほら、だからさ」

一気にまくしたてた青年が、屋台の内側にある調理スペースを手で示した。僅かな空間だけれど、まな板と包丁、竈と鍋。そして、予備の食材とフォンのストックがある。

「頼むよ、料理人さん」

「……はい！」

キルシュが精霊瓶のコルクを開けた。火精が竈に戻る。魔術師の青年が、やれやれとばかりに肩をすくめて立ち上がる。

背後から、革靴の音がした。

「――フン、やっと来たのか。自分から店を放り出すとは、全くいいご身分だな！」

「うわっ、また出た」

サーシャが振り返ると、ガナードが立っていた。

整った顔を不機嫌そうに歪《ゆが》めて、高利貸が鼻を鳴らす。

「出た？　出資者に向かってなんだい、その言い草は。少しは自分の立場を弁《わきま》えたらどうだ」

「はいはい。で、何しに来たんですか」

サーシャの問いかけに、ガナードはむっつりと押し黙った。苦虫を噛み潰したような顔で、手に下げていた網袋を突き出す。網目から、透明な水が滴り落ちた。

「勘違いするなよ。僕だって、好きでこんなことをしてるわけじゃないからな！」

袋には、濡《ぬ》れた木椀が詰まっていた。どの皿もピカピカに洗われている。

よく見ると、仕立てのいいスーツの袖口が濡れていた。

弓使いの少女が、補足するように言った。

「その人、わたしたちが店番を始めてからすぐやってきて。暇そうだったから、皿洗い、お願いした」

サーシャとキルシュの視線が、ガナードへ向く。

高利貸はそっぽを向いた。

「ふん。当然だろう。債務者のリスク評価は金貸しの仕事だからね」

「ほうほう。皿洗いも？」

「それはそこの貧乏人どもに押し付けられただけだ！」

ぐるるるる。

ふと、ガナードの腹部辺りから、猫科の動物が喉を鳴らすような音がした。

「んぐっ」

「おやまあ」

慌てて腹を押さえても、もう遅い。サーシャは頬の片側を吊《つ》り上《あ》げて、ニヤリと笑う。

「キルシュさん。こちらにシチューを一皿、頂けますか」

「――はい！」

ルクルクを切る手を止めて、キルシュが大鍋の中身をひと掬《すく》いした。

艶やかなチョコレート色をした、照りのあるブラウンシチュー。そこに、素揚げしたカブナを添える。

キルシュから受け取った一皿を、サーシャはガナードへ突き出した。

「さあ、どうぞ？」

湯気と共に、どこか懐かしい匂いが広がった。濃厚な旨味《うまみ》と、仄《ほの》かな酸味を連想させる匂いだ。

ごくりとガナードの喉が鳴る。

「食べないんですか？」

「…………いや、だが、」

「レストランを評価するなら、料理を食べなくちゃ話にならないでしょう？」

「…………ふん」

骨張った高利貸の手が、皿を受け取った。

「そこまで言うなら、頂こう」

椀に匙《さじ》を差し入れる。ガナードは、掬ったシチューをゆっくりと口へ運んだ。背後で、キルシュが緊張に身を固くする気配がした。

一口。そして、二口。

カツカツと、木の食器が音を立てて打ち合う。陰険な鳶色《とびいろ》の瞳に、光が宿る。

「さあ、高利貸さん。お味はどうですか？」

それは質問というよりは、確認に近い問いだった。

キルシュが作ったこのシチューを、サーシャはまだ食べていない。

それでも、確信していた。

大地に根差した大樹のように、揺るぎない確信だった。

「……見れば分かるだろ」

ガナードは一瞬だけ手を止めて、視線を外したまま、ぼそりと言った。

「美味いよ。ああ、認める。認めようじゃないか。美味いよ！　くそっ、なんでこんなに美味いんだよ！」

やけくそ気味にシチューをかき込む。背後で、弾《はじ》けるような笑い声がした。キルシュの声だった。

サーシャも、少しだけ笑った。


日が暮れて、空が濃い藍色《あいいろ》に染まるころ、ようやく列が途切れた。

長いようで短かった、収穫祭が終わろうとしていた。

「踊る月輪亭」の屋台には、サーシャとキルシュの二人だけが残っていた。冒険者たちとガナードは、キルシュが半ば押し付けるように渡した売上の一部を手に、すでに立ち去っている。

「投票結果、見に行きますか？」

噴水前に、すべての店の名前が書かれた大掲示板が据えられている。店ごとにスペースが区切られていて、星集めの参加者は、そこに紙の星を貼り付けるのだ。

キルシュは少しだけ迷うそぶりを見せた後、ゆっくりと首を横に振った。

「ガナードさんは、融資の継続を約束してくれましたから。それに――」

「それに？」

「お腹《なか》が空《す》きました」

ふにゃりと笑う。

キルシュの言葉を聞いた途端、サーシャも急に空腹を感じた。そういえば、朝からほとんど飲まず食わずだ。味見以外で、口に物を入れた記憶がない。

二人で大鍋を覗《のぞ》き込む。

ほとんど空っぽだったけれど、底のほうをこそげば、どうにか一人分くらいにはなりそうだ。

大匙と木ベラを駆使して、キルシュは最後のシチューを木椀に盛り付けた。

サーシャは両手を合わせて、「いただきます」と言った。

「前から思ってたんですけど。サーシャさんのそれって、どういう意味なんですか？」

「そうですねえ。まあ、感謝のお祈りみたいなものです」

「お祈り？　空の女神様にですか？」

「ええ、まあ、そんなとこですね」

本当は誰に祈っていたのかは、勿体《もったい》つけて黙っておくことにした。

「じゃあ、あたしも」

キルシュが、両手を合わせて祈りの聖句を口ずさむ。歌のようだ、と思った。唱え終わるのを待ってから、サーシャは匙を手に取った。水分が飛んで少し固くなったシチューを、ひと掬い。

「ん」

口に入れた瞬間、複雑に重ね合わされた妙味が、舌の上いっぱいに広がった。

ルクルクの仄かな酸味と、強烈な旨味。芳醇《ほうじゅん》な赤葡萄《ぶどう》酒の香り。ワイバーン・テールから染み出した深い味わい。煮溶けた根菜は舌に甘く、丁寧に下処理されたカリン羊の内臓は、軽く噛《か》むだけでホロリと崩れる。

ほう、と息が漏れた。幸せのため息だった。

「……美味しい」

心からそう思う。

思わず溢《あふ》れ出た言葉に、キルシュがぽかんと口を開けていた。

サーシャは匙を置いて、ちょっとだけ乱暴に亜麻色の頭をかき回した。そうでもしないと、心の中で暴れ回る衝動をどうしていいのか分からなかった。

一人で、こんなにも――こんなにも！

ひとしきり髪を弄《もてあそ》んだ後、サーシャは、万感を込めて言った。

「よく頑張りましたね、キルシュさん」

「あ、」

翠《みどり》の瞳に、涙が滲《にじ》む。みるみる潤んで、今にも決壊してしまいそうだ。

甘くかすれた声で、キルシュが囁《ささや》いた。

「ほんとう、ですか？　お世辞じゃ、なくて？」

「ええ、もちろん」

「…………じゃあ、何点ですか？」

何だか気恥ずかしくなって、サーシャは、細く滑らかな髪からそっと手を離した。

熱を帯びた頬を、冴《さ》え渡る秋の夜風が撫《な》でていく。

「百点」

と、サーシャは言った。

「百点満点、です」

「……っ、はい！」

破顔したキルシュの頬を、透明な雫《しずく》が伝う。

祭りの終わりを告げる、大聖堂の鐘が鳴った。

天高く響く音に導かれるように、サーシャは空を見上げた。今日は新月だから、ふたつある月のどちらも見えない。けれど、紫がかった藍色の夜空には、幾つもの光が瞬いている。

満天の星々は、色とりどりの砂糖菓子を砕いてばら撒《ま》いたかのように、きらきらと煌《きら》めいていて。

今なら幾千万の星だって、この手で掴《つか》めるような気がした。


店じまいを始める屋台の合間を縫うように、風精たちが駆けていく。

『皆さま、大変お待たせしました――』

彼らが通り過ぎると、その軌跡から声が響いた。風精には、音を運ぶ力がある。声の主は、大掲示板の前にいるのだろう。

『これより、星集めの投票結果を発表します――』

風精たちは、広場を出て王都中へ飛び出していく。老若男女を問わず、誰も彼もが家の窓を開け放ち、彼らが運ぶ声に耳を澄ませる。

『栄えある第一位、今年の花冠店は――』

食堂の副料理長

「ま、花冠店は今年も『山海楼』なのだけど！」

「踊る月輪亭」の一角で、アーシェリアが、豊かな胸を突き出すようにふんぞり返った。

「そうですねえ」

アーシェさんは相変わらず「山海楼」の大ファンだなあなどと思いつつ、キルシュはにこにこと相槌《あいづち》を打つ。

彼女の言葉どおり、今年も花冠店は「山海楼」だった。例年どおりの、危なげない勝利だ。

事前の宣伝と、口コミから広がった怒涛《どとう》の追い込みが功を奏して、「踊る月輪亭」もそれなりに星を集めたけれど、上位の一流店には及ばなかった。

それでも「カリン羊のブラウンシチュー」は一定の評判を呼び、キルシュは正式にガナードから更なる返済猶予と追加融資を勝ち取った。証書付きで。

よって当面、「踊る月輪亭」が潰れる心配はない。

「で、サーちゃ……こほん。サーシャは、どうするつもりなのかしら。結局、烙印《らくいん》は解呪できなかったんでしょう？」

「みたいです」

ボアジェの逮捕により、芋蔓式《いもづるしき》に過激派の一部が捕縛されたという。その中にはバーンウッド辺境伯の名もあったそうだ。ただ、氏は魔術師との関与を否定しているらしい。

シラを切っているだけか、あるいは本当に知らないのか。今のところ真相は藪の中だ。上手《うま》く身を隠した別の誰かが仕組んでいた可能性もある。

仮に黒幕が見つかったとして、本当に件《くだん》の魔術師まで辿《たど》り着《つ》けるのかどうか……。

いずれにせよ、当面の間、サーシャは包丁を握れないままだ。

「サーシャさんは――」

キルシュは窓の外を見た。晴れ上がった空の下、中央広場を挟んだ彼方《かなた》で、宮廷の尖塔《せんとう》が白く輝いている。

†

「ふむ。もう一度だけ尋ねるぞ。我が親愛なる民、サーシャ・レイクサイドよ」

しわがれた声に、サーシャは顔を上げた。膝は真紅の絨毯《じゅうたん》に突いたまま、真《ま》っ直《す》ぐに王の顔を見つめる。

老王は、痩せこけた頬に、苦笑いにも似た表情を浮かべていた。

「それで、いいのだな?」

「――はい」

謁見の間には、王族の他、神饌会《しんせん》を取り仕切った大臣の姿もある。

サーシャが王の御前に呼び出されたのは、褒美の言葉を賜るためだ。暗殺を未然に防ぎ、王の身を護《まも》った。全部キルシュのお陰だけれど、どういうわけかサーシャの功績になっている。宮廷としては、そのほうが何かと都合がいいのだろう。

彼女の名前を出すこともできたけれど、本人が望まなかった。

結果、王からサーシャに提示された褒美はふたつ。職場への復帰と、総料理長への昇進。

どちらも、もう答えは決まっていた。

「総料理長は、やはりベックさんが相応《ふさわ》しいです」

「あい分かった」

王は、それ以上言葉を重ねなかった。言ってみれば、これは茶番だ。言うほうも言われるほうも、断ることを前提としたやりとりだった。

「――加えて」

けれど、ここからは違う。

「やはり、今の私に宮廷の厨房《ちゆうぼう》は荷が重く存じます」

王の左右に控えた侍従長が、気色ばんで身を乗り出した。差し出がましいとか不遜《ふそん》だとか、そういうことを考えているのだろう。恐縮したフリで下を向き、こっそりと舌を出す。

知ったことか。

王は、玉座の肘掛けに体重を預け、スミレ色の目を細めた。

「市井《しせい》に戻るか」

親しみを感じるほどに、優しい声だった。ふと、この人が長い間、名君と呼ばれてきたことを思い出した。

サーシャは顔を上げて、次の言葉が居並ぶ全員に聞こえるように、大きく息を吸い込んだ。

「はい。私の料理長が、首を長くして待っているので」

視界の端で、妖精のように細く美しい金髪が揺れる。姉たちの背後から、ミリアガルデ第三王女がこちらに向けてべえっと舌を出していた。

可愛《かわい》らしい癇癪《かんしゃく》を微笑《ほほえ》ましく思う半面、ちくりと心が痛みもする。ごめんね。そっと、心の中で詫《わ》びた。

でも、もう、決めたことだから。

王が笑った。

「きっと、良い店になるだろうな。いつか余も訪れてみたいものだ。して、店の名は何という」

「はい、その店は――」

裏口から外に出ると、眩しい日の光が目を焼いた。

手を翳して、空を見上げる。二羽の鳥が、自由に蒼穹《そうきゅう》を飛んでいた。

宮廷を離れる決断に、迷いがないと言えば嘘になる。

けれど、後悔はしていない。

星集めの日、キルシュが作ったシチューを食べたときから、こうすると決めていた。

私一人では辿り着けなかったあの一皿に、懸けてみたい。

二人で歩む道の先には、きっと、まだ見たことのない星があるはずだ。

†

乾いた布で、一枚一枚、木の皿を磨く。磨き終えた皿を縦に積み重ねて、平台の上に並べる。

相変わらず、皿洗いはサーシャの仕事だ。この店に来たときからずっと。

竈《かまど》の前でがちがちに緊張している相棒に近づいて、その背を叩《たた》いた。小さく飛び上がったキルシュが、恨みがましい目を向けてくる。もちろんサーシャは意に介さない。

「いよいよですね」

ぐるりとキッチンを見回す。

今日、「踊る月輪亭」はようやく再始動する。

結局、きちんとスタッフを募集する余裕はなかった。星集めでの話題性が落ちる前に店を開けろ、というのが口うるさい出資者の意見で、まあそれ自体は残念ながら間違っていない。

そういうわけで強行軍だ。

ただ、さすがに二人きりは心許《こころもと》ないので、今日だけは助っ人を呼んだ。

「私の折角の貴重な休暇が……」

「宮廷なんて超ホワイト企業なんですから、たまにはいいじゃないですか」

「ホワイト企業ってなに」

「そこは気にしないでください」

メイド服で完全武装したメイヤが、ため息交じりにカウンターへ両肘をついた。

「あんたが辞めたせいで、うちのお姫様がどんだけ荒れたか分かってる？」

「プリンとクレープ、どっちがいいです？」

「……両方」

メイドが起き上がって、背筋を伸ばした。分かりやすいのはいいことだ。欲望に忠実なのも。

「仕方ない。今日は付き合ってあげるわ」

「明日も来てくれていいですよ」

「あいにく、分身の術は未習得なの」

彼女なりの冗談だろうか？　でもこの世界なら、あるいは本当にそんな技術があるのかもしれない。

「そろそろ、開店ですよね」

ようやっと人間らしい顔色になったキルシュが、カクカクと壊れた機械人形みたいな動きで、厨房から這《は》い出してきた。

「おや。キルシュさん、まだ緊張してますか？」

「――いえ！」

キルシュが、両手でぴしゃりと頬を叩いた。

「大丈夫です。今はもう、大丈夫」

両目に宿る光が、その言葉が嘘《うそ》ではないことを証明していた。

ごぉん。

僅かに開けた窓の外で、大聖堂の鐘が鳴り響く。正午を告げる六点鐘だ。どの飲食店も、この鐘と共に店を開ける。

サーシャは無造作に店の入り口へと近づき、内鍵を外した。

ドアを開ける。カラカラと、軽快にカウベルが鳴る。扉の隙間から、眩《まぶ》しい真昼の光が射し込む。

扉の向こうには、ちょっとした行列ができていた。

最前列にいる女性と目が合い、サーシャは小さく微笑んだ。ドアノブごと身体《からだ》を引いて、もう一方の手で店内を指し示す。

「『踊る月輪亭』へようこそ、お客様。どうぞお好きな席へお座りください」

そして、少しだけ考えて付け加えた。

「――ささやかな幸せが、あなたの下にありますように」

次々に客席が埋まっていく。さあ、料理の時間だ。サーシャはキルシュの手を引いて、キッチンへ向かった。

あとがき

働く女の子が頑張る作品が好きです。水島努監督の『SHIROBAKO』とか、得能正太郎先生の『NEW GAME!』とか、末永裕樹先生・馬上鷹将《もうえたかまさ》先生の『あかね噺《ばなし》』とか。あるいはちょっと反則ですが、斉木久美子先生の『かげきしょうじょ‼』なども。ちなみに、男の人が頑張る作品も好きです。三浦しをん先生の『舟を編む』とか、さもえど太郎先生の『Artiste』とか。

「仕事」なんて言葉はどうしてもネガティブに捉えられがちですが、子供が思い描く夢の大半は何らかの「仕事」です。前向きに、夢と誇りを持って仕事を全うする人の背中は、現実でもフィクションでも輝いていますし、そうであってほしいと思います。

なので、カクヨムで「楽しくお仕事in異世界」コンテストの要項を見たときには、即座に「自分の仕事が大好きな女の子を主人公にしよう」と決めました。

たくさんある選択肢の中から「シェフ」という職業を選んだ理由は、ひとえに私がご飯大好きだからです。作るのも食べるのも。

料理という行為は中々面倒臭いですし、どれだけ頑張って作ってもあっという間に消えてなくなってしまいますが、やってみると案外楽しいものです。それに、少なくとも食べている間は幸せです。

美味《おい》しいご飯には人を幸せにする力があると、私はけっこう本気で信じています。シェフという仕事が大好きで、プライドを持っていて、躓《つまず》いても立ち上がって前に進む女の子。そういうイメージから、主人公のサーシャが生まれました。なんだかんだ料理のことしか頭にない女の子です。

そのままだとちょっと無敵過ぎるので、冒頭でかなり大きなハンデを背負ってもらうことにしました。料理人人生に関わる、重大なハンデです。ごめんて。

ハンデの代償に、相棒を用意しました。挫《くじ》けるし、凹むし、へこたれる女の子です。スペシャルなサーシャに対して、相棒のキルシュは等身大の女の子として描いたつもりです。

結果、本作は二人の女の子がお互いを補い、助け合う話になりました。

好きな題材を好きなように書いた本作がコンテストで受賞し、さらにこうして書籍として出版できたことは、望外の喜びと言う他ありません。

最後となりましたが、出版にあたり多大なご助力を頂いた担当編集様、素晴らしいイラストを用意して頂いたイラストレーターの白峰《しろみね》かな様、ならびに本作を手に取って頂いた読者の皆様に、この場を借りて深くお礼申し上げます。

二〇二三年　六月十一日

深水紅茶《ふかみこうちゃ》（コンテスト投稿時ペンネーム　リプトン）

お便りはこちらまで

〒102－8177
カドカワBOOKS編集部　気付
深水紅茶（様）宛
白峰かな（様）宛

カドカワBOOKS

転生少女《てんせいしょうじょ》の三《み》ツ星《ぼし》レシピ
～崖《がけ》っぷち食堂《しょくどう》の副料理《ふくりょうり》長《ちょう》、はじめました～

2023年８月10日　初版発行

著者／深水紅茶《ふかみこうちゃ》

発行者／山下直久

発行／株式会社KADOKAWA

〒102-8177
東京都千代田区富士見2-13-3
電話／0570-002-301（ナビダイヤル）

編集／カドカワBOOKS編集部

印刷所／暁印刷

製本所／本間製本

ISBN 978-4-04-075089-7 C0093

新文芸宣言

かつて「知」と「美」は特権階級の所有物でした。

15世紀、グーテンベルクが発明した活版印刷技術は、特権階級から「知」と「美」を解放し、ルネサンスや宗教改革を導きました。市民革命や産業革命も、大衆に「知」と「美」が広まらなければ起こりえませんでした。人間は、本を読むことにより、自由と平等を獲得していったのです。

21世紀、インターネット技術により、第二の「知」と「美」の解放が起こりました。一部の選ばれた才能を持つ者だけが文章や絵、映像を発表できる時代は終わり、誰もがネット上で自己表現を出来る時代がやってきました。

UGC（ユーザージェネレイテッドコンテンツ）の波は、今世界を席巻しています。UGCから生まれた小説は、一般大衆からの批評を取り込みながら内容を充実させて行きます。受け手と送り手の情報の交換によって、UGCは量的な評価を獲得し、爆発的にその数を増やしているのです。

こうしたUGCから生まれた小説群を、私たちは「新文芸」と名付けました。

新文芸は、インターネットによる新しい「知」と「美」の形です。

2015年10月10日

井上伸一郎

辺境でスパルタ教育を
受けたら
世界を揺るがす
脳筋令嬢が爆誕！
コミカライズ決定！
家を追い出されましたが、
元気に暮らしています
～チートな魔法と前世知識で
快適便利なセカンドライフ!～

奇跡に詠唱は要らない――
気弱で臆病だけど最強な
魔女の物語、書籍で新生！

FLOS COMICにて
コミカライズ連載中!
漫画・shoyu
憧れの後宮はトラブルだらけでした!?
新米宮女、医療チートで大活躍!
風邪の予防にアルコール消毒!
呪い信者の道士と医学論争!?
無害な化粧品づくり!
第4回カクヨムWeb小説コンテストキャラクター文芸部門
〈特別賞〉